SV

Ralf Rothmann
Messers Schneide

Erzählung

Suhrkamp

Erste Auflage 1986

Druck: Wagner GmbH, Nördlingen
Printed in Germany

Hinzusehen ist Gebrechen. Gefühle weiß ich nur.

Nicolas Born

Nachmittags hatte es geregnet, Wind wühlte in den Pfützen, unter dem tiefgrauen Himmel kreischten Möwen, die herübergeflogen waren vom nahen Kanal. Ein Wirt in Lederschürze drängte einen Betrunkenen aus dem Lokal, hielt ihn sich vom Leib mit einem umgekehrten Stuhl. In den Blumenläden gab es die ersten Astern, kleine schwarze Plastiktöpfe auf Paletten aus Styropor, Berge von Weintrauben überall, fließendes Wollzeug über den Körpern, kaum noch ein offener oberer Knopf. Man sah keine Schlendernden mehr, in den Gesichtern, über Nacht, kamen alte Falten wieder, Farben schwanden. Es wurde zusehends früher dunkel, schwärzer standen die Häuser vorm Himmel, friedlicher strahlte die Reklame. Als ginge ein Besinnen durch alle Formen, als wären sie nachgezeichnet worden mit neuer Gedankenkraft, schienen die Umrisse schärfer.

Manfred Assen, der gelegentlich Taxi fuhr, weil er vom Schreiben nicht leben wollte, parkte seinen Wagen in der Grunewaldstraße und knipste die Leuchtschrift aus. Er fühlte eine Übelkeit, wie er sie als Kind oft durchlitten hatte nach verhängnisvollen Streichen oder Untaten – etwa, wenn er einmal mehr dem prügelnden Lehrer davongelaufen war oder die Unterschrift seiner Eltern gefälscht hatte und nun, am Küchenfenster sitzend, auf die Bestrafung wartete. Seine Mutter putzte noch im Bad, sie summte ein Lied, doch das Schimmern der Gläser im Glas-

schrank, der Chrombeschläge am kalten Kohleherd, der Glanz des peinlich sauberen Spülsteins und der polierten Äpfel, die sich in der Fensterscheibe spiegelten – das alles war ihm schon das Funkeln ihrer Wut. Er sah die anderen Kinder im Garten besonders einmütig miteinander spielen, und obwohl eines, auf eine Birke kletternd, sein voraussichtliches Gejammer nachäffte und die anderen breit grinsten: die Spielgefährten schienen sich in einem Zustand paradiesischer Unschuld zu befinden, aus dem er sich für alle Zeit vertrieben sah – ohne sich eigentlich schuldig zu fühlen. Er hörte, wie seine Mutter Fläschchen und Sticks auf die Glasablage stellte; es gab keinen Ausweg. Oder sollte er sich ein Stück Pappe in den Hosenboden schieben, wie er es in Schulwitzen gehört hatte. Sie würde es beim ersten Schlag bemerken und nur fürchterlicher wüten. Die Spielgefährten, am Ende des Gartens, sprangen in die Kiesgrube, wobei sich ihre Jacken blähten. Am Nachmittagshimmel schon, ein zu fernes Mausloch, der Mond. Es roch nach Nagellackentferner, und da erinnerte er sich, daß er einmal ohne Prügel davongekommen war, weil seine Mutter die frischlackierten Fingernägel nicht ruinieren wollte. Aber nun stand sie bereits in der Küche und kramte einen Holzlöffel aus der Schublade.
Beim ersten Schlag verlor Assen etwas Urin. Jeder Schrei wollte die Mutter erweichen und machte sie doch nur rasender. Als das Holz schließlich zersplitterte, blickte sie rasch auf den spitzen Rest in ihrer Faust, dann auf ihn. Mit einem Laut, der verzweifelt klang und wütend zugleich, griff sie ihm in die Haare

und schlug seinen Kopf an den Spülstein. Ein Zahn brach aus. Sofort ließ sie ihn los und wischte das Blut vom Becken.

Die Macht, die Iris jetzt über ihn hatte, war eigentlich nur quälend, weil sie keinen Gebrauch davon machte, weil sie ihn alleinließ mit seiner Furcht davor. Er sah sie hantieren in dem Haus in Bacchereto, das ihrer Schwester gehörte, sich umsichtig einrichten für alles weitere. Sie fuhr mit dem Solex ins Dorf, um einen kleinen Topf zu kaufen und eine Zündkerze. Sie dichtete die Fenster ab gegen den Winter, kratzte Moos aus der Dachrinne, hackte Holz und trieb das feststeckende Beil weiter, indem sie mit einem Ziegel daraufhieb. Die Frauen des Ortes waren ausdrücklich auf ihrer Seite. Sie wurde versorgt mit Wollsachen und einem Thermometer für das Badewasser, man zeigte ihr Hochzeitsfotos, Bilder von Kindern und Kindeskindern, und die Männer vor dem Café sahen weg, wenn sie kam, zupften sich am Ohr. Nachts schob sie den Küchentisch vors Haus, trank ein wenig Wein und sah hinab auf die Lichter von Prato, ein ständig bewegtes Strahlen, wie Gesang.
Daß sie dieses Kind gegen seinen Willen austragen wollte, ließ sich nicht verachten. Bisher war ihm »austragen« nur in Bezug auf Streit oder Kampf vorgekommen; jetzt trug sie eine Liebe aus, ihre Gefühle hatten Gestalt angenommen. Ihr Entschluß klang ihm genauso kalt und unbezweifelbar wie eine Todesnachricht. Er sah sich dagegenreden, sah sie zuhören – und während sie widersprach, einsah oder weinte, stand er doch fest, in ihren Augen stand er

fest seit Menschengedenken. Ihm blieb das Nachsehen. Und als er in seiner Verzagtheit gar vom desolaten Zustand der Welt, von Krieg und Krebs und saurem Regen sprach, sah sie ihn lange wortlos an und sagte schließlich: Das Risiko muß ich eingehen; »Ich«, sagte sie; dabei hatte er das Kind gemeint. Vorsichtig ihren Bauch betastend, war sie davongegangen und drehte sich nicht um. Er würde schon spuren.
(In der Küche des Hauses, in dem Holzstoß neben dem Kamin, lebte eine Maus, die so groß und schwarz war, daß sie jeder zunächst für etwas Bedrohlicheres hielt. Manchmal, ohne sich um die Dasitzenden zu kümmern und auch ohne erkennbares Ziel, rannte sie in großen Zick-Zack-Linien über die Bodenfliesen, wobei sie sich mehrmals überschlug – wie gepeitscht von etwas, das fürchterlicher war, als jeder Anwesende es sein konnte.)

*

Daß er meistens allein stand in den Kneipen, ohne den nervösen Blick und die panische Gesprächsbereitschaft Alleinstehender, daß ihm Frauen nicht zu fehlen schienen, sagte Iris später, machte ihn bemerkenswert; der melancholische Trotz in seinem Gesicht und die Augen, in denen sie mehr als nur ein Nachtleben sah, zogen sie an.
Sie setzte sich neben ihn an die Bar, trank ein Bier und erbat sich nach einer sprachlosen Weile einen Pfennig. Er ließ sich ansehen, daß er das albern fand, gab ihr aber eine Mark. Sie schob die Münze zurück,

offensichtlich verärgert; sie brauche kein Geld – einen Pfennig! Er kramte einen aus der Jackentasche, sie dankte unwirsch, blickte sich rasch um und zog, im Schatten der Tresenplatte, ihren Rock ein Stück hoch. Ein Knopf ihres Strumpfhalters war abgerissen, ein Strapsband hing schlaff herab; sie wickelte die Kupfermünze in den schwarzen Saum und befestigte die haltlose Spange daran. Dann ging sie.

Auf einer Party in Kreuzberg – sein Freud Lauter lag unter einem Bett und trank aus einem Flachmann – sah er sie wieder. Sie stand in seiner Nähe, versuchte aber, ihrem Gesicht den Ausdruck einer gewissen Entfernung zu geben. Immer nur mit Frauen plaudernd, schlenderte sie durch die lange Halle und übersah ihn im Lauf des Festes derart ausdrücklich, daß er sich doch beachtet fühlte. Tatsächlich bemerkte er auf einem der überall installierten Bildschirme, daß sie ihn musterte auf einem der Bildschirme. Schließlich kam sie auf ihn zu, langsam, schwarzweiß. Dann – sie streckte den Arm erschrekkend schnell vor – gab sie ihm den Pfennig zurück, in Farbe. Nach Mitternacht manövrierte sie den sturzbetrunkenen Assen in ein kleines Zimmer, in dem zwei Kühlschränke voller Bücher und ein ausziehbares Sofa standen; außerdem erinnerte er sich nur noch daran, daß ihr Körper nichts zu wünschen übrigließ. Vielleicht dachte er darum nicht mehr an sie. Nach ein paar Tagen rief ihn eine Fremde an.
Er lehnte eine Einladung zum Essen ab, gab vor, arbeiten zu müssen, er wollte nichts anfangen mit ihr. Wie du meinst, sagte sie. Es klang ein wenig drohend,

und sie legte nicht auf. Doch gerade weil sie ihm Zeit gab, sich anders zu besinnen, tat er es nicht. Und jetzt erinnerte er sich wieder an die atemlose Heftigkeit, mit der sie übereinander hergefallen waren ohne jedes zärtliche Vorfühlen und ohne einen einzigen Kuß – als wollte jeder durch den anderen durchgehen, um ihn ein für alle Mal hinter sich zu bringen.

Am nächsten Tag schickte ihn die Taxi-Zentrale zu einer Telefonzelle in der Akazienstraße. Iris trug einen schwarzen Regenmantel mit gelben Knöpfen und lächelte nicht. Sie wollte zwei Straßen weiter gefahren werden, zu einem Bäcker, es war kurz vor Geschäftsschluß, also schnell. Assen schaltete das Taxameter ein. Vor dem Laden sollte er warten, seine Gedanken ahnend, ließ sie Mantel und Tasche auf dem Rücksitz. Sie kaufte ein langes Baguette, das noch ein Stück aus dem Wagen ragte, als sie eilig die Tür ins Schloß schlug. Von dem Rest biß sie ab und nannte mit vollem Mund das nächste Fahrtziel, einen türkischen Gemüseladen in der nächsten Querstraße. Sie hielt ihm das Brot hin, es war Lippenstift daran, er schüttelte den Kopf. Es folgten eine Apotheke, eine Wäscherei, ein Schuster, eine Weinhandlung. Auf den Sitzen, fuhr Assen in die Kurve, verrutschten die Plastiktüten; eine Tomate kollerte zwischen die Pedale, er trat sie, versehentlich, platt. Er betrachtete Iris im Rücksspiegel, ohne jedoch mehr zu sehen als die gespielte Ahnungslosigkeit einer Frau, die sich beobachtet weiß. Die Lichter der Läden wischten über ihr Gesicht, in den Wimpern glitzerte ein Regentropfen. Auf den ersten Blick war sie beunruhigend schön. Konnte also, stellte er beruhigend fest, bei jedem weiteren nur noch verlieren. Er schaltete das Taxameter aus, was sie aber nicht gesprächiger machte. Daß sie, die doch wohl irgendwie erbeutet werden wollte, sich jagend gab, rührte ihn auch. Er bewunderte ihre Schlauheit, diesen Mut zur Schwäche, der ein Kraftakt war. Die Verletzlichkeit, in die sie sich begeben hatte, mußte jeden Angreifer beschämen, ihn unschädlich machen mit seiner eigenen Gewalt. Als sie lächelte, bemerkte er, daß ihr ein Zahn fehlte; eine sympathische Lücke weit hinten. Welchen Wein willst du, fragte sie vor der Handlung. Das hängt davon ab, was du kochst, sagte er.

Ihre Wohnung im Souterrain war klein, ein Zimmer, Küche, Bad, er sah wenig Bücher. Noch im Mantel, stellte Iris einen Topf auf den Herd und zerschnitt das Gemüse. Auf mehreren Fotos an der Wand hielt sie einen Säugling, das Kind ihrer Schwester, wie sie ihm aus der Küche zurief, ohne daß er etwas gefragt hatte. Er wollte ihr helfen, gab es aber auf, als sie ihn mit flinken, zuvorkommenden Bewegungen immer täppischer dastehen ließ, und schaltete den Fernseher ein. Nach dem Essen deckte man einen Tisch in dem Film, dann flog irgend etwas in die Luft. Welche Art von Gedichten schreibst du, fragte Iris, auf den Bildschirm blickend: auch Liebesgedichte. Es gibt keine anderen, sagte er. Als sie den Fernseher ausschaltete, bemerkte er eine Laufmasche an ihrer Ferse, von einem Tropfen Nagellack gestoppt.

Es war jetzt still in dem Zimmer bis auf das Knistern in der Bildröhre. In der Tapete steckten unzählige

Nadeln, die im flackernden Kerzenlicht unzählige Schatten warfen, kleine Zeiger. Iris wollte wissen, ob er sie aufdringlich finde. Er winkte gähnend ab. Sie stellte sich breitbeinig vor ihn hin und verschränkte die Arme vor der Brust. Ob er sich denn geschmeichelt fühle. Ohne den Kopf besonders zu heben, blickte er von ganz unten zu ihr auf. Ich fühle nichts, sagte er, und ihr Lächeln war ein milder Verweis, als sollte er sich das noch einmal überlegen. Sie nahm ihm das Weinglas aus der Hand, und sie zogen sich, jeder in einer Ecke des Zimmers, rasch aus. Kleingeld prasselte zu Boden. In der jähen Nacktheit wie auf einem anderen Stern, fragte Assen nach der Monatsmiete. Vor Scham über die Frage verstand er ihre Antwort nicht.

*

Der Flügel des Eckhauses, in dem er wohnte, stand, bis auf seine Zimmer im dritten Stock, leer. Früher hatten hier junge Maler, Bildhauer und Video-Filmer gelebt. Sie wurden auf die Straße gejagt. Das werden jetzt alles Künstlerwohnungen, sagte der Vermieter, als Assen noch mit ihm sprach. Er renovierte eigenhändig und übernachtete zwischen Zementsäcken und Werkzeugkisten auf einer Luftmatratze. Wegen des Staubs ließ er sein tragbares Fernsehgerät unter einer Plastikplane spielen. Tagsüber hallten seine Flüche, unverständliches Gebell, durch das Rohrsystem des Hauses. Wenn er mit dem Vorschlaghammer wütete, schossen kleine Brisen Kalkstaub aus alten Nagellöchern in der Wand in Assens Wohnung. Der, in einem Anflug von Abenteuerlust, hatte seine Kündigung zerrissen. Sie ist ungesetzlich, sagte er aufs Geratewohl durch die geschlossene Tür hindurch und horchte eine Weile. Wie Sie meinen, sagte der Vermieter schließlich und ging langsam die Treppe hinunter.

Assen erhielt noch einmal ein Schreiben, in dem der andere ihm anbot, eine Ersatzwohnung zu beschaffen. Er korrigierte die Rechtschreibfehler und gab es wortlos zurück. Das zuständige Gericht teilte mit, daß der Fall wegen Überlastung nicht vor Ende nächsten Jahres bearbeitet werde: so begann der Krieg zwischen ihnen. Im Treppenhaus nickten sie sich ernst zu, wie Duellanten. Kaum waren sie aneinander vorbei, spuckte der Vermieter aus. Er hielt die Tür auf, wenn Assen das Haus verließ, damit er sie nachdrücklich hinter ihm zuschlagen konnte, warf ihm das Badezimmerfenster ein mit einer Ziegelscherbe, steckte brennende Streichhölzer und einmal eine tote Ratte in den Postkasten. Assen stopfte sie in einen seiner herumstehenden Gummistiefel, ließ die Luft aus den Reifen seines Mopeds, schüttete Gips in den Tank und behielt wegen zunehmender Staub- und Lärmbelästigung mehr und mehr Miete ein. Einen Lkw-Fahrer, der ihn fragte, wo er den Sand hinkippen solle, schickte er ein Grundstück weiter, auf einen Kinderspielplatz, und sah den Vermieter tagelang mit der Schubkarre über die Straße traben. Manchmal, nachts, wenn er aufblickte von seinen Büchern, hockte der andere im düsteren Gestänge des Baugerüsts und starrte bös in sein Zimmer, bewegungslos. Die Fäuste geballt, das Kinn erhoben, starrte Assen so lange zurück, bis die Gesichtsmuskeln schmerzten vor unterdrücktem Grinsen. Dann richtete er blitzschnell die Schreibtischlampe auf ihn, woraufhin er, derart ausgeleuchtet vor allen Nachbarn, wieselstill verschwand.

Mehrmals klingelte das Telefon in den folgenden Tagen, er nahm den Hörer nicht ab. Er zwang sich, zu Hause zu bleiben, las viel und planlos, wie um etwas hinter sich zu bringen, und wünschte sich dabei eine Lektüre, die ihm das dauernde, quälende Gefühl nahm, nicht genug zu lesen, richtiger, nicht mehr genug Zeit zu haben, um in Ruhe weniger zu lesen. Von jedem Buch, besonders von jedem wissenschaftlichen, erhoffte er sich eine letztendliche Erklärung, freilich ohne zu wissen, wofür. Daß alles neue Fragen aufwarf, denen gemäß er seine Lektüre wählte, gab ihm schließlich einen schwankenden Halt, fragend, dachte er, war er ein wenig mehr auf der Welt. Aber die Antworten machten ihn stumm. Und doch ging er ihnen nach und wischte sie aus dem Weg, um endlich den Blick frei zu bekommen für sein Geheimnis oder wenigstens dessen Kontur, ihr flüchtiges Aufblitzen nur im alltäglichen Licht. Widerstrebend sehnte er sich nach einem Gesetz für sein Leben, seine Arbeit, und manchmal ängstigte ihn die Vorstellung, den entscheidenden Satz, die eigene Formel bereits gelesen, vielleicht sogar geschrieben, nur nicht erkannt zu haben.
Mit dem Mond, er sah ihn leuchten durch die Wolkenrisse, nahm auch seine Unruhe zu. Absätze kratzten über das Pflaster, lachende Frauen draußen, Plastiktüten voll klimpernder Flaschen. Die Kneipen

trieben sich in ihm herum, und er schlüpfte in seine Straßenschuhe, weil er kalte Füße bekam. Je mehr es ihn hinauszog, desto unsinniger wurden die Verrichtungen, mit denen er sich zurückhielt. Er drehte den Wecker mit dem Zifferblatt zur Wand und nahm die Schutzumschläge von den Büchern, gleich fühlten sie sich griffiger an. Er bügelte seine einzige Krawatte, spitzte alle Bleistifte, die er besaß, numerierte Manuskripte und polierte gerade eine Türklinke, als Iris an sein Fenster klopfte.

In ihrem engen schwarzen Kleid, zu dem sie einen Straßschmuck trug und eine weiße Lederjacke (ihre Schuhe steckten in den Seitentaschen), war sie das Baugerüst hochgeklettert und klatschte nun ihre schmutzigen Hände aneinander. Als er das Fenster öffnete, lächelte sie und bedeutete ihm mit einer Zigarette, daß sie Feuer wünschte. Er stieg hinaus, fand aber nicht gleich Tritt auf dem Fensterbrett, sie mußte ihm helfen. Sie ließ sich nur auf die Wange küssen: der frische Lippenstift. An die Brüstung aus Stahlrohr gelehnt, betrachteten sie eine Weile den Mond, der jetzt unverhüllt schien und den Iris gnadenlos nannte. Gnadenlos, fragte er. Sie antwortete nicht, sie rauchte; er sah ihr Gesicht, auf dem ein etwas mondäner Glanz lag, im Halbprofil. Von ihrem Ohrschmuck aus Straß ging ein feines, feiner als haarfeines Strahlen aus in dem blassen Licht, als strömte ihre Körperwärme allein durch das winzige Prisma der Steine in die beginnende Nacht hinaus.

In Lauters Kneipe, dem »Café Korrekt«, gab es keinen freien Stuhl mehr, der Ventilator quirlte bloß noch Rauch herum, die Toilettentüren flappten unablässig (*Herren* stand an der einen in polierten Messingbuchstaben, an der anderen nichts). Auf der Zapfsäule prunkte ein Sektkübel voll weißer Tulpen, in einem dunkleren Nebenraum, dem Restaurant, schien Kerzenlicht durch die Biergläser. Lauter, der auf einem Barhocker saß, rollte einen »Stern« zusammen und nickte Iris zu mit spöttischer Höflichkeit. Als hätte er sie damit verabschiedet, wendete er sich ausschließlich an Assen.
Hochprozentiger Mondschein, sagte er, seit ich Bier verkaufe, rechne ich wieder mit der Natur. Der Kassensturz gibt mir recht. Als ob die Seele einen Glasrand hätte, über den, einmal im Monat, Gottes feuchter Finger fährt – das Lied der süchtigen Sirenen. Es treibt das Gelichter an meinen Tresen, mondäne Sozialhilfe-Empfänger, weiße Ratten. Jeder will ein bißchen herumkleckern im Leben des anderen, und nachher ist es keiner gewesen. – Wußtest du übrigens, daß Laune von Luna kommt? Nein? Dann weißt du nichts über Frauen, mein Lieber. Sobald das große gelbe Auge durch die Wolken glotzt, sind sie nur noch schön, weiter nichts, man hat schließlich Grenzen. Und sie gebrauchen ihr Aussehen wie Rocker ihre Ellenbogen. Könntest du dich so schamlos unterstreichen mit Lippenstift und Eyeliner? Könntest du dich so schreiend kleiden? Bald stelle ich nur noch Kerle ein. Die Schicksen lassen dir ja doch keine Ruhe, bis du weißt, wie sie riechen. Und sie riechen eigentlich immer enttäuschender. Hast du dann eine

Runde gedreht auf ihrer Maschine, pinseln sie die Aschenbecher nicht mehr richtig aus. Rausschmeißen kannst du sie nicht, weil du ja kein Unmensch bist. Um sie aber zu ertragen am anderen Tag, dazu bist du nicht Gott genug. Es kommt noch soweit, daß ich meine eigene Kneipe meide, wenn die oder die gerade Dienst hat. Du kannst ja vögeln, sagte mir neulich eine und blies mir ihren Rauch ins Gesicht. Da habe ich ihr, noch im Bett, gekündigt. Sowas muß ich mir nicht sagen lassen. Jetzt soll ich aufpassen, daß ich nicht mal vor ihren Volkswagen laufe. Weil sie kalt und herrisch sind, werden sie nicht geliebt, was sie immer kälter und herrischer macht, und schließlich schnappen sie über und sind erfolgreich im Beruf.
Ist das dein Freund, fragte Iris.
Ein Tisch wurde frei, eine Kellnerin brachte eine Flasche Wein und Gläser. Als sie davonging, schlug ihr Lauter auf den Hintern; nur langsam verflog der Abdruck seiner nassen Hand auf ihrem dunkelblauen Lederrock. – Regelmäßig bei Vollmond, fuhr er fort, ist mein Frauenklo verstopft. Die Biester werfen ihre Binden da rein, und an mir bleibt es hängen. Mittlerweile frage ich mich ernsthaft, was ich in diesem Scheißjob verloren habe. Aber immer wenn ich mich stark genug fühle für ein anderes Leben, denke ich euphorisch: *Ist* dieses Gefühl nicht schon Das Andere Leben? So bleibe ich ständig im gleichen Mustopf.

Assen hatte längst aufgehört, sich gegen Lauters Gerede zu wehren. Es ging ihm ja nicht darum, etwas zu sagen: er wollte, besonders wenn er betrunken war, sprechen: möglichst ohne Unterbrechung, möglichst

für zwei. Sprechend blühte er auf, wenn auch nur grau. Mit dem feinen Wurzelwerk der Wörter hielt er sich am Leben, schweigend bekam er sofort müde Züge. Dabei schien ihm Sprache kaum mehr zu bedeuten als laute Luft, ein Zischen zwischen den Zähnen. Daß sie eine Kraft darstellte, daß Wörter ein Gewicht hatten, daß sie folgenschwer sein konnten, erschien ihm abwegig. Alles konnte doch genausogut anders klingen. Wurde er beim Wort genommen, erinnerte man ihn an etwas einmal Gesagtes, empfand er das gleich als kleinlich, zudringlich auch.
Er hatte vor Jahren einige beachtliche Erzählungen veröffentlicht, die kaum jemanden interessierten. Den ständigen Geldmangel leid, eröffnete er eine Kneipe, und mit der lieben Not, den beflügelnden Widerständen, verging ihm auch die Notwendigkeit, zu schreiben; beziehungsweise sie wurde theoretisch. In immer größeren Abständen entstanden immer kältere Konstruktionen, blitzgescheit, und es kam ihm nicht in den Sinn, suspekt zu finden, daß er alles was er machte auseinanderlegen, begründen, deuten, erklären konnte. – Aber warum, fragte ihn Assen einmal, hast du es dann überhaupt geschrieben.

Als Lauter Iris nach ihrer Meinung fragte bezüglich einer Affäre, die derzeit die Medien beschäftigte, tat er es nur, um selbst zu antworten. – Obwohl er Illustrierte oder Fernsehprogramme kaum beachtete, war Assen informiert. Schuldig oder nicht, lautete die Frage, die sich im Augenblick jeder Zeitungsleser zu stellen schien angesichts einer jungen Frau, die den Vergewaltiger und Mörder ihres siebenjährigen Kin-

des, einen sogenannt triebkranken und in dieser Hinsicht mehrfach bestraften Mann, im Gerichtssaal erschossen hatte. – Ich kann das verstehen, sagte Lauter, auch wenn mir mein Verständnis nicht geheuer ist. Aber warum soll sich die Frau an ein Gesetz halten, das nicht in der Lage scheint, ihr Kind vor solchen Idioten zu schützen. Daß sie sich nach ihrem Glück nicht auch noch die Rache nehmen lassen will, daß sie sich ihre Wut nicht temperieren läßt von einem lauwarmen Rechtswesen, daß sie den Killer ihres Kindes nicht in der Therapie oder im klimatisierten Strafvollzug, sondern unter der Erde sehen will, finde ich so menschlich wie den Mord viehisch. Die Zähne fletschen, das darfst du gerade in diesem Sozial-Zoo. Doch wehe, zwischen den Kunststoffkronen wächst dir noch ein Affenzahn; gleich steckt alles die Nase ins Gesetzbuch. Auch wenn sie den ganzen Gerichtssaal in die Luft gesprengt hätte, ich glaube, ich würde sie freisprechen. Muttergefühle sind wahrscheinlich so sanft oder zwingend oder logisch wie Mondschein, eine Dimension jenseits aller Paragraphen.
Unsinn, sagte Iris und zeigte sich nun weit besser informiert als Lauter, was Assen peinlich war. Überhaupt hatte Lauters Ignoranz, Iris betreffend (ein deutliches Zeichen seines Interesses), eine vage Panik entfacht, die nun in ihm flackerte und das Zuhören zur Strapaze machte. Er fühlte sich genötigt, unablässig auf Lauters Gesicht zu achten, auf die winzigen Blitze, die um seine Mundwinkel zuckten, auf die Augen, die schmal wurden wie Sehschlitze einer Rüstung oder die er, während er mit den Fingerknöcheln

knackte, zur Decke rollte, als gäbe er Iris noch drei Sekunden. Daß sie es übernommen hatte zu reden, würde er ihr kaum verzeihen. Wo haben wir denn dieses Früchtchen aufgegabelt, war eine Frage, gegen die Assen sich hart machte, ohne daß der andere sie stellte. Vielleicht stellte er sie darum nicht. Er sah aber aufmerksam aus, melancholisches, verständiges Nicken, das Assen vorkam wie der blanke Hohn.

Das Verhalten der Frau, sagte Iris, habe wohl wenig mit Muttergefühlen zu tun, stehe diesen sogar entgegen, sei bloß barbarisch. Schließlich habe sie zwei Kinder, die vor dem ermordeten zur Welt gekommen seien, kaltblütig in ein Erziehungsheim gesteckt, und auch das tote sei zu Lebzeiten nicht nur gestreichelt worden. Außerdem zeuge die demonstrative Verständnislosigkeit für die Krankheit des Mörders von einer Brutalität, die wohl kaum eine Eigenschaft sogenannter guter Mütter sei. Und daß diese Frau mit der Leiche ihres Kindes auch noch hausiere, daß sie ihre angebliche Verzweiflung eiskalt zu Markte trage und Fernsehsendern und Illustrierten die Exklusivrechte an ihrem Schmerz verkaufe, das komme ihr schon wie eine nachträgliche Tathilfe vor. Eitel auch: als hätte sie den Mann aus dem Mittelpunkt der öffentlichen Aufmerksamkeit geschossen, um sich selbst da hinzustellen, jetzt, da sie nicht mehr der Mittelpunkt ihres Kindes sei. Und die stillschweigende Zustimmung, die sie für die Pistolenschüsse erhalte, sei schließlich genauso schrecklich wie das Verbrechen. Je widersprüchlicher nämlich die sozialen Prozesse, je verwickelter, verwirrender auch, desto massenhafter applaudiere man dem kurzen Prozeß.

Lauter, bei geneigtem Kopf, deutete Beifall an, majestätisch. Assen nahm die Brille ab, ringsum verwischten die Konturen, die Farben strahlten. Die Sprechenden befanden sich jenseits seiner kurzen Sicht, und mit ihren Einzelheiten, Lauters zerbissenen Fingernägeln, dem Tuscheklümpchen an Iris' Wimpern, verschwanden auch ihre Stimmen in den allgemeinen Kneipengeräuschen. Er war wütend geworden über die Teilnahme, mit der die beiden von Ereignissen sprachen, an denen sie nicht teilgenommen und die sich vielleicht ganz anders ereignet hatten. Die Autorität, die sie den Medien zuerkannten, empörte ihn wie eine Rempelei. Daß sie, abgenabelt von leibhaftiger Erfahrung, Ereignisphantome für bare Münze nahmen, machte sie selbst zu Phantomen, und schon schien ihm nicht der Mord, von dem hier die Rede war, sondern der Austausch von Ansichten darüber die eigentliche Untat zu sein. Nicht von sich zu sprechen, von seinem Schmerz, seinen Verstellungen, das konnte er nur aufdringlich finden, das war das Vergehen, das immer größeren Schmerz, weitere Verstellungen zur Folge hatte. Wo, wenn nicht unter seiner Schädeldecke krümmte sich das Tagesgeschehen, dachte er. Wem, wenn nicht den persönlichen Mythen, diesen Gedankenlosigkeiten, die mit dem Anspruch von Wahrheit auftreten, galt es die Haut abzuziehen. Zucken sehen wollte er den eigenen Körper unter der Sprache wie unter einer Gravurnadel. Aber Iris und Lauter waren wohl dankbar, nicht von sich reden zu müssen, sie hatten jedenfalls ein Thema. Oder redeten sie ausdrücklich von sich in dieser offenkundigen Geheimsprache, in der man kaum etwas preisgeben muß? Der Mord in Köln, das Erdbeben in Umbrien, die zu kurzen Hosen des Kanzlers, Aufrüstung, Abrüstung – waren das am Ende Bilder ihrer Zustände, für die sie sich nicht mehr zuständig fühlten, deren Formulierung sie dankbar anderen überließen? – Assen konnte in den Schlagzeilen keine Wirklichkeit erkennen, allenfalls ihre Indizien. Der Fall lag wahrscheinlich ganz anders. Zwischen den Illustrierten sah er eine blutbefleckte Arbeitsmütze durch die Rotationsmaschinen flitzen. Lauter lachte (ein Lachen voll Dreck in den Ecken). – Mann, sagte Iris, warum bist du nur so widerlich zynisch. Ich bin zu zart, hörte er ihn antworten, ich könnte nicht auch noch zartsinnig sein. Zartsinn brächte mich um.

*

Assen wohnte in Schöneberg, nahe dem Winterfeldtplatz, wo es in diesen Tagen oft nach Tränengas roch. Die Gehwege waren übersät mit Pflastersteinen, die lange Schatten warfen im Laternenlicht, mit Radkappen und Gerüstbrettern, die meisten Schaufenster mit Spanplatten verschalt. Manche Wirte ließen die Rollos halb herab, so daß man sich, um ins Lokal zu kommen, bücken mußte. Weihnachtlich brannten die Plakatwände nachts, die Barrikaden. »Wenn alles getan ist«, war auf einer zu lesen, der Slogan einer großen Brauerei. Rennende Menschenmengen, in Blaulicht getauchte Straßenzüge, Aquarien voller panischer Wesen, Scherbenberge, Rauch – das alles hatte irgendeinen Grund und interessierte ihn nur wenig.

Einmal klingelte ein alter Bekannter an seiner Wohnungstür. Er brachte etwa zwanzig atemlose und zum Teil vermummte Demonstranten mit, die seine Bücherhöhle bestaunten wie einen musealen Ort. (Gartenlaube auf dem Schlachtfeld, sagte einer.) Assen bot an, was sich in seinem Kühlschrank befand, Milch, Mineralwasser, ein paar Flaschen Wein. Man rauchte, ging hitzig redend auf und ab in den Räumen und stürzte immer wieder an die Fenster. Zwei Frauen duschten, ein Stadtplan wurde ausgebreitet, Kreuzungen markiert, jemand telefonierte, forderte Verbandszeug an und einen Pkw, ein anderer tippte einen Flugblattentwurf mit seiner Schreibmaschine. Assen, ein wenig verlegen, füllte Gläser nach, schüttete Erdnüsse in herumstehende Schälchen, leerte Aschenbecher und hörte den Gesprächen zu. Das Deutsch, mit dem man sich über die Untaten der Staatsgewalt empörte, der kaugummigraue Slang, die Szene-Sprache gingen ihm nah wie eine Untat der Staatsgewalt. (Wer sich wehrt, hat halt keine Muße, Stilist zu sein, sagte der Bekannte.) Zwei junge Demonstranten legten sich auf sein Bett und warteten, still aneinandergeschmiegt, bis der Polizeieinsatz draußen vorüber war.

Worum es ging in diesem Krieg – darüber konnte ihn seine wortlose Verbundenheit mit den Protestierenden nicht täuschen – betraf ihn nicht fühlbar. Wie es darum ging, machte ihn oft betroffen bis zur Mordlust. Von den umliegenden Balkonen warfen Arbeiter in Hemdsärmeln, Kinder und kreischende Frauen mit Blumentöpfen, Briketts und leeren Schnapsflaschen nach den Demonstranten. Schäferhunde, hinter

Wohnzimmerfenstern, fletschten die Zähne. Ein Trupp Polizisten rannte stöckeschwingend in die Menge, in den Teil, in dem sich auch ein Dutzend Frauen mit Kinderwagen befand. Die Beamten wüteten, als gingen sie nicht nur gegen die Demonstranten, sondern auch gegen ihre eigenen Skrupel vor. Einen hob die Wucht seines Schlags eine Handbreit in die Höhe. Stürzende rissen Flüchtende mit zu Boden, Kinder kollerten wie Spielzeug über den Asphalt, die Mütter überschrien ihre Schreie. Nach wenigen Minuten war die Kreuzung wieder frei.

Er konnte das den Polizisten nicht verübeln. Es wäre zuviel der Ehre gewesen. Er packte ein paar Bücher ein und machte sich davon, fuhr in die Randgebiete, in ein Fenn oder Fließ, in Stadtteile mit Weiden und Dorfkrug.

Einmal, auf dem Weg zum U-Bahnhof, rief ihm ein Uniformierter zu: Da geht es nicht lang. Ich will nur, rief Assen im Gehen zurück, zur Bahn! Da sah er sich umstellt von vier Beamten im Kampfanzug, sah sein verdutztes Gesicht in ihren spiegelnden Visieren. Nähertretend fügten sie ihre Schilde um ihn wie eine Schachtel und stießen ihm die Hartgummiknüppel in den Unterleib, sachte erst, dann immer nachdrücklicher. Er sollte sich wohl wehren, um endgültig wehrlos gemacht zu werden. – Das kann doch nicht wahr sein, rief er mit einer Stimme, die ihm neu war: ich bitte Sie! – Ich denke, ich habe deutsch gesprochen, sagte der Einsatzleiter. Der Bahnhof ist geschlossen, bitte nehmen Sie den Bus. Und Assen nahm den Bus.

Bedarf es bestimmter Menschen, damit ein Leben zur Geschichte wird? Geliebter? – Es ging ihm nicht schlecht genug, um einen guten Text zu schreiben, er arbeitete nur fahrig in diesen Tagen. Ein Bügeleisen und Wäschestücke – er räumte sie vom Schreibtisch, um die Beine daraufzulegen und Iris anzurufen. Er wunderte sich, wie schnell er ihre Telefonnummer auswendig wußte. Das sollte aber nichts bedeuten. Die Schönheit dieser Frau kräftigte ihn, das war richtig, und es erfüllte ihn mit Stolz, wenn Männer einen Schluck Bier hinauszögerten, sobald sie in der Tür erschien. Entfernte Bekannte rückten näher, bis dahin vergeblich Begehrte lächelten ihm plötzlich zu. Sprach sie aber von »Beziehung«, war er gleich bedrückt. Er machte sich keine Gedanken über ihre Gefühle und fühlte nichts, wenn er an sie dachte, von einer leisen Geilheit einmal abgesehen. Ausdrücklich ignorierte er ihre langen Blicke, den Ernst ihrer Umarmungen. Ihr Treffen ein- oder zweimal die Woche, Essen, Wein und Bett, das war als liebe Gewohnheit vielleicht schon die ritualisierte Lieblosigkeit und war ihm doch lieber als nichts. Daß es ihr nicht reichte, sah er ihr nach wie eine grundsätzliche Schwäche ihres Geschlechts.

Sie telefonierten fast täglich, ausgedehnt und ohne viel zu sagen, verbaler Flitterkram, eine Aufhellung. Wenn sie einander nicht sahen, blieb ihr Sprechen zweckfrei und erschien ihm darum sinnvoll im Gegensatz zu dem Gesprächs-Ping-Pong, mit dem sie sich gewöhnlich aus der Kneipe in ein bettreifes Einverständnis manövrierten. Iris erzählte dies und das – ein rohes Schnitzel war auf die Straße geflogen durch ein Küchenfenster, sechs Eierbecher für eine Mark vierzig, mit dem Taxi zur Demonstration. Er erinnerte sich an Geschichten, in denen es um fehlende Gardinenringe ging, ein gerissenes Haarband, eine geliehene Nähmaschine, Geschichten, auf die sie gerade wegen ihrer Alltäglichkeit großes Gewicht zu legen schien und die sie vortrug, als wären sie schon das ganze Geheimnis.

So absichtslos hätte er auch gern erzählt, so ohne Argwohn gegenüber der Aufmerksamkeit des anderen. Ihr war das Sprechen offenbar organisch. Assen, meistens, operierte nur damit. Mit jedem Erlebnis, jeder Erfahrung stellten sich ja sofort die Zweifel an ihrer Gültigkeit ein. Er hielt sie in der Regel für viel zu unerheblich, um sie mitzuteilen, nahm viel zu wenig teil an ihnen, um sie auszudrücken dann. – Daß Iris sein Zuhören selbstverständlich voraussetzte, beschämte ihn, den aus Trägheit vielfach Zerstreuten, derart, daß er tatsächlich achtgab.

Wenn sie schwiegen – sie schwiegen oft lange, sagten sich schweigend genug –, hörte er andere Fernsprechteilnehmer weit entfernt und unverständlich miteinander streiten. Oder es knisterte, als schöbe sich eine Wetterfront zwischen ihre Apparate; Iris riß ein Streichholz an. Heiser, eine Heiserkeit die er spielte, mit der er aber spielend eins wurde, erzählte er ihr von ihrem Körper. Laut und in langen Zügen atmend, schien sie das Gesagte zu inhalieren, ein Schönheitsmittel. Was wären wir ohne Telefon, fragte er und hörte das Geräusch, das ihre Strümpfe machten, wenn sie die Beine übereinanderschlug. Getrennt, sagte sie.

Sie überraschte ihn mit Geschenken, die er zunächst annahm, um sie nicht zu kränken. Doch bald schon kränkte er sie, damit sie ihm keine Geschenke mehr machte. Sie überreichte ihm ihre Mitbringsel stets schmunzelnd, feierlich fast, jedes ein ausgespielter Trumpf, und hob gespannt das Kinn, wenn er die Verpackung zerriß. Ein Füllfederhalter, ein Walkman, Krawatten – er freute sich viel zu übertrieben und fühlte diese falsche Freude als Verspannung im Gesicht, als lächelte er mithilfe der Muskeln, die für das Zähneblecken zuständig waren. Sie kaufte ihm Wäsche, Rasierzeug, Hausrat, und als er sich das für die Zukunft verbat, winkte sie nur ab, als wollte sie nichts gehört haben, als wüßte sie besser, was gut für ihn war. Wortlos tadelte sie seine Lieblosigkeit: mit einer neuen Uhr, mit Bilderbüchern oder teurem Wein. Und daß er ihr nie Blumen schenkte, sagte sie mit immer frischen Blumen.
Einen Strauß Anemonen stopfte er vor ihren Augen ins Klo; ein Blaues Päckchen mit goldener Schleife, das an seiner Tür hing, warf er ungeöffnet auf den Müll.

Als er aber einmal ohne Voranmeldung bei ihr klingelte, machte sie ein Gesicht, als wäre nun alles gut. Er trat schnell in ihren Korridor und weigerte sich, den Mantel auszuziehen. Sie packte ihn bei den Schultern, küßte ihn und rollte heiter fragend die Augen zur Decke, als könnte sie da seine Schnapssorte lesen. Er hatte nichts getrunken. Er ging in ihrer Wohnung herum, rückte Vasen und Deckchen zurecht, schloß eine Schranktür und gab einem schiefen

Bild einen Klaps, der es von der Wand riß. – Willst du Tee, ach du trinkst ja Kaffee, setz dich nicht in das Nähzeug, was mach ich denn hier. Sie zündete eine Kerze an, stellte ein Glas Wein vor ihn hin und zeigte ihm Fotoalben, Onkel, Schwester, toter Vater. Er legte beide Arme auf die Sofalehne, er ließ sich das zeigen. Je eindeutiger er sie von der Seite ansah, desto schneller sprach sie, desto mehr Anekdoten fielen ihr zu den Bildern ein, das Simpelste schien jetzt wichtig. Ihre Wangen glühten, sie zeigte den Eifer eines Kindes, das noch nicht ins Bett wollte. Als er sich seinem Ziel ganz nah glaubte, sah er sie schon wieder eine Zigarettenlänge weit entfernt. Schließlich fuhr er mit dem Daumen einmal über ihre Wirbelsäule; sie reckte sich auf und war dann ganz leicht umzuwerfen.
Du wolltest also nur mit mir schlafen, sagte sie, als er sich wieder anzog. Und du, fragte er, hast du mit mir geschlafen, ohne es eigentlich zu wollen, wie eine Hure?

Sie saßen auf der Bank eines U-Bahnhofs, Iris schien ihm schlecht gestimmt. Sie vermied es jedenfalls, ihn anzusehen, starrte in das Tunnelloch und reagierte auch nicht, als er ihr eine Zigarette anbot. Eingeschüchtert von ihrer Mißlaunigkeit geriet ihm die Frage nach ihrem Befinden so leise, daß allein die Lautstärke ihrer Antwort zurechtweisend klang. – Was soll mir schon fehlen, rief sie in einem Ton, der ihm jedes Verständnis absprach: ich blute. Erschrokken drehte er das Gesicht weg. So genau wollte er es gar nicht wissen. Es war, als hätte sie ihm zum ersten Mal ihren Nachnamen gesagt.

Er erinnerte einen Morgen in seiner Kindheit, an dem die Mutter verschlafen hatte und er sie, um Schulbrote zu bekommen, weckte. Wie von einem Vorgesetzten angerufen schlug sie die Decke zurück; gebannt blickte er auf die großen Flecken getrockneten Bluts auf Laken und Nachthemd. Ohne ihm etwas zu erklären, schickte sie ihn aus dem Zimmer, und weil sie weder krank noch verwundet schien, hielt er das Gesehene für Kot. Der Gedanke, daß seine blitzsaubere Mutter ins Bett scheiße, nahm ihr eine Sekunde lang alles Bedrohliche. Oder hatte sie eine Kugel getroffen im Traum? Doch wagte er nie, sie auf die Flecken hin anzusprechen, denn er fühlte, daß es ihr peinlich war, und hatte Angst, sie an ihre Scham zu erinnern, weil sie das wütend gemacht hätte.

Iris sprang auf, hängte ihm ihre Tasche an die Schulter und rannte vorbei an dem Glasverschlag des Bahnpersonals, vor dem zwei Betrunkene sangen. Mit einem Aufschrei umarmte sie eine junge schwangere Frau, die gerade einen Kinderwagen die Treppe hinuntergehoben hatte. Nach einem Wortwechsel, den Assen nicht verstehen konnte, stemmte die Freundin die Fäuste an die Hüften und hielt der anderen, offenbar als Antwort, ihren Bauch hin. Iris lachte, wurde lachend rot, und gemeinsam steckten sie die Köpfe unter die Schattenhaube des Kinderkarrens.

Mach doch mal auf, rief einer der Betrunkenen, der Lederhosen und eine ärmellose Jeansjacke trug, mach doch mal auf die Futterluke. Er schlug mit der flachen Hand gegen den Glasverschlag, in dem der Bahnbeamte, verlegen grinsend, die Arme verschränkte.

Damals, in der Kindheit, hatte Assen sich oft ausgeschlossen gefühlt von einem Geheimnis, wenn Mädchen vom Turn- oder Schwimmunterricht befreit wurden. Was litten sie, denen offensichtlich nichts fehlte? – Später dachte er sich das monatliche Blut als Ursache für den so einfühlsamen Umgang der Mädchen miteinander, um den er sie immer beneidet hatte. Hand in Hand verließen sie das Klassenzimmer, während ihn die Faust des Banknachbarn traf. Verwundet aus irgendeinem dunklen Grund, wirkten sie schon mit zwölf oder dreizehn Jahren erwachsen, etwas Wissendes im Gesicht, das die Lehrer nervös machte oder streng. Und doch blieb es ihm lange unbegreiflich, daß sie etwas miteinander verband: die schönen, von der Frühjahrssonne modelierten Frauen und der blutige, im Regen dick wie eine Ratte aufgequollene Tampon, der einmal im Rinnstein schwamm.
Als er dann, mit vierzehn Jahren, eine erste Freundin liebte, zog ihn seine Mutter in ein bis dahin unübliches und darum verstörendes Vertrauen. Sie, die er nie anders als in wadenlangen Kleidern, hochgeschlossenen Blusen sah (er konnte sich keine Nacktheit vorstellen unter ihrer Garderobe), die allen Familienmitgliedern kommentarlos befahl, sich einzuschließen im Bad, die jeden Dreck persönlich nahm und selbst das Wasser im Toilettenbecken parfümierte, erzählte ihm nun, oft schon beim Frühstück und im verrutschten Morgenrock, von ihren intimen Unpäßlichkeiten, von Verdauungsproblemen und der Konsistenz ihres Kots, von ihren »Schmierblutungen« – ein Wort, das sie besonders gern, mit bitterem

Genuß, wie ihm schien, gebrauchte –, von ihren verschiedenen Ausflußarten, den Flecken in Wäsche und Bett, vom Klarheitsgrad und Geruch ihres Urins. Zeigte er sich angewidert, redete sie um so atemloser und detailgenauer weiter, die kleinen, harten Augen weit aufgerissen. Obwohl er, seine Übelkeit unterdrückend, stets höflich zuhörte, empfand er ihre Offenbarungen doch als Schläge in den Unterleib, als einen Versuch, ihm die Freundin abzutreiben mit allen Mitteln, ihm das Weibliche, von dem sie ihn verzaubert sah, zu verekeln.

Ohne daß er sein Näherkommen bemerkt hatte, setzte sich nun einer der Betrunkenen – er trug schulterlange, strohgelbe Haare und einen tabakverschmierten Schnauzbart, unter dem sich ein Mund voller Zahnlücken öffnete – auf Assens Schoß. – Hör zu, Keule ... Unter jedes seiner trüben, wie hinter einer milchigen Glasur liegenden Augen war eine Träne tätowiert, über seine Stirn verlief eine etwa zehn Zentimeter lange, erst kürzlich vernähte Wunde, von der die Fadenenden abstanden. Assen wollte den Mann von seinen Knien stoßen, doch der hielt sich mit beiden Händen an der Rückenlehne der Bank fest. – Nicht doch, Keule. Er sah belustigt aus. – Eine Mark, und du bist mich los. Assen schielte nach den Umstehenden, niemand schien etwas zu bemerken, man zupfte sich Flusen vom Mantel oder blickte auf die Uhr. Er war viel zu überrumpelt, um Angst zu fühlen, doch die Vorstellung, daß Iris ihn in dieser entwürdigenden Ohnmacht sah, trieb ihm die Schamröte wie einen Stromstoß ins Gesicht. – Gut,

gut, sagte er, stehen Sie erstmal auf. Der Mann erhob sich und legte seinem hinzutretenden Kumpan den Arm um die Schultern. – Der Süße hier – er tippte an das rosarote Trageband von Iris' Tasche – schenkt uns jetzt ein bißchen Knete. Wie schön, sagte der andere und hielt Assen eine leere Hand hin. Zu den beiden aufsehend wie aus einem Loch, hörte er das Grommeln der nahenden U-Bahn durch den Tunnel kommen.

Um Verachtung oder gar Haß für diese Männer zu empfinden, kannte er sie zu wenig als Personen und vielleicht zu gut als Typen. Doch schämte er sich nicht nur, ihr Opfer zu sein, auch seine Schamröte war ihm peinlich wie ein offener Hosenschlitz, und wütend darüber beschloß er, ihnen keinen Pfennig zu geben. – Was kann ich für Sie tun, fragte er, als stände ein Schreibtisch zwischen ihnen, und verschränkte die Arme vor der Brust. – Wie, sagte der mit der Narbe, momentlang verblüfft über den leisen Knick in der Dramaturgie; hast du mir nicht versprochen ... Aber schon grinste er wieder und ließ seinen Handrücken, auf den eine Rose tätowiert war, schlaff gegen Assens Lippen klatschen. Der, tief atmend, erhob sich. Was soll das, rief er mit einer Stimme, die ihm davonflattern wollte. Er gab dem Mann einen Stoß, der ihn einen Schritt zurückdrückte. Was soll das, äffte der geziert und schubste seinerseits Assen, daß er gegen den anderen Mann stieß, der ihn mit breitem Brustkorb auffing. Er lachte und rief mit gespielter Empörung: Was soll das! Er boxte Assen mit beiden Fäusten zurück in dem Augenblick, als zwei Züge mit teilweise offenen Türen, aus denen bereits die Um-

steiger lugten, donnernd aus den Tunnellöchern schossen. Um sich abzufangen, aber auch um einem Schlag vorzubeugen, hob der taumelnde Assen die Hände gegen den Narbigen, der blitzschnell zurückwich und ihm ein Bein stellte, so daß er gegen einen der Fahrgäste stolperte, die plötzlich die lange Plattform bevölkerten. Und ein unübersehbares, von Lautsprecherstimmen dirigiertes, auf die Ausgänge zustrebendes, jede quertreibende Bewegung verschluckendes Menschengewoge begann, von dem er sich dankbar fortdrängen ließ aus der Reichweite der beiden Rocker. Irgendwo, nach einem harten Knall, ging Glas zu Bruch, und eine Frau schrie schrill: Was soll das denn!
Er traf Iris in der Mitte des Bahnsteigs wieder, sie setzten sich in den Zug. Nachdem sie ihrer Freundin, die in dem anderen abfuhr, zugewinkt hatte, zeigte sie erschrocken auf seinen Mundwinkel. Was soll ich schon haben, sagte er, seine rote Fingerspitze betrachtend, ich blute.

Eine schöne Frau, sagte Lauter, oder das, was man gemeinhin darunter versteht, ist wie ein faszinierendes Plakat. Du siehst es an und bist entzückt. Und wie du sie auch drehst und wendest, die Schöne, sie ist noch in der Verzweiflung schön, sieht noch traumhaft aus, wenn sie Rotz und Wasser heult. Das wird ganz schnell langweilig, nicht wahr. – Eine Frau aber, die auf den ersten Blick unscheinbar ist, deren Schönheit du erst aufspüren mußt in jeder ihrer Gesten und Bewegungen (denn *schön* sind sie natürlich alle, ein Engel schwebt in jeder Seele) – so eine ist unerschöpflich wie ein Gemälde. Während die Vordergründige den Blick ermüdet mit ihrem Glanz, immer flacher und fader erscheint, ein Plakat eben, allenfalls zur Überrumpelung gut und Bauernfängerei, wird die Unscheinbare von Mal zu Mal beglückender. Immer wieder bemerkst du einen neuen Liebreiz: die Nakkenlinie im Frühlicht, die Leistenfalte in einer ganz bestimmten Position, ein Lächeln ins Leere, erstaunlich kluge Augen; immer wieder siehst du das Goldkind schimmern durch das Fell der grauen Maus. Und weil sie auch nicht laufend angegiert wird, ist ihr die Sexualität noch nicht verleidet und langweilig, hat sie sich eine gesunde Gier erhalten und zieht dich frisch und frei am Zipfel ins Bett. Sie gibt dir einfach mehr als die Blitzlichtgesichter: du bist nicht nur der Genießer ihrer Schönheit, du bist ihr *Entdecker*. Und das ist ein Hauch siebter Himmel. – Andererseits: Ungeheuer sind sie natürlich alle, das Kreuz, auf das wir uns selber nageln Nacht für Nacht. Ich glaube, ich hatte mal eine, der wuchsen Zähne in der Möse.

Die Sonne schien durch Honigglas und halbes Brötchen, im Radio ein Brandenburgisches Konzert. Iris, im Gegenlicht, rauchte. Assen konnte ihr Gesicht nicht erkennen, nur den münzgroßen Ohrclip aus Goldblech. – Ja was ist, fragte sie, willst du arbeiten, oder sollen wir was unternehmen. Sie drückte ihre Zigarette in der Eierschale aus und schlug die Beine übereinander. – Was ärgerte ihn denn an so einem Satz. Daß er sich anhörte wie: Willst du spinnen, oder sollen wir was Normales machen? Er hatte sich an ihr Schmunzeln, ihre stillschweigende Geringschätzung seiner Arbeit ja bereits gewöhnt, sie war ihm schon recht mittlerweile, ersparte ihm, über etwas zu reden, das er sich selbst kaum erklären konnte und wollte. (Die Energie, die es ihn kostete, über das Schreiben zu sprechen, würde ihm später, schreibend, doch nur fehlen.) – Das Bedrückende an Iris' Frage war, daß sie eine jener unzähligen Fasern bedeutete, die sie zu jenem Klima von »Beziehung«, Nestwärme und Häuslichkeit verwob, das er nur zerfetzen konnte. Und daß sie dann in sein Messer rannte, war natürlich seine Schuld, warum besaß er ein Messer. Ruhig hatte sie ihn angeblickt vor ein paar Tagen, ruhig noch durch ihre Tränen hindurch, und ein Cognacglas zerdrückt in der bloßen Faust.

Sie gab ihm jetzt die Freiheit, »arbeiten« zu sagen, so weit war es gekommen. Sie würde aufstehen mit einem »Ahja« oder »Bis dann«, und er bliebe zurück, reumütig, wie sie ihn haben wollte. Daß er sie nur unter Skrupeln enttäuschen oder verletzen konnte, machte sie skrupellos zu ihrer Waffe. Ihre Wünsche waren ihm schon nichts anderes mehr als die Lackschicht ihrer Flüche, die, nahm er sich eine Eigenheit heraus, splitternd hervorbrachen, ohne besonders laut zu werden: ein Zucken ihres Mundwinkels, ein sekundenschnelles Verengen der Augen, das kurze Ausstoßen der Luft durch die Nase. – Er goß etwas Sekt in die leeren Kaffeetassen. Sie wollte einen Sonntagsmenschen aus ihm machen, er ahnte es ja. Minigolf, wie? MINIGOLF? brüllte er in ihr erschrockenes Gesicht. – Und das nachgeben, das er bereits fühlte, das Ziehen, dieses Sirupgefühl in der Brust? Ach was, sagte er mit einem Schwung, der ihn tatsächlich mit-

riß. Laß uns was Normales machen und ein bißchen spinnen.
Er kniete nieder vor ihrem belustigten Blick und löste ihre Strumpfhalter mit den Zähnen.

Als sie einmal staunend bemerkte, daß er außer Lauter keine Freunde hatte, sah er einen geisterhaften Moment lang, wie sie einen Fuß zwischen seine Tür schob. Daß ein Mensch Freunde braucht: sie hielt es ihm vor wie eine schnell erlernte psychohygienische Grundregel, was ihn gleich feindselig stimmte. Freunde zu haben, war ihr offenbar der Beweis für irgendwas, für Umgänglichkeit womöglich (kein Wort für ihn, ein Würgemal).
Natürlich ahnte er, daß er sich zu wichtig nahm, daß er sich überfrachtete mit sich selbst, daß er endlich einmal absehen müßte von seiner Person, um sie wieder wahrzunehmen. (Er war ja noch narzistisch in der Selbstzerfleischung, klagte sich nur an, um sich freizusprechen, stülpte seinen Charakterdreck hervor, unerbittlich penibel, um ihn gleich wieder unter den Teppich zu kehren. Er fand sich schlimm, im Grunde unmöglich, nur damit er sich im nächsten Augenblick trösten konnte: so schlimm war er nun auch wieder nicht.) – Je älter er wurde, desto leichter kam er ohne Freunde aus. Früher oder später verübelte er ihnen doch nur, daß sie nicht so waren, wie er sein wollte – ein Gefühl, das ihn in erster Linie selbst belästigte. Er traf kaum noch jemanden, der einer hemmungslosen Offenbarung gewachsen war und kräftig genug, sich *nicht* stark zu machen vor den Schwächen des anderen. Und wenn er selbst in einer

Freundschaft alleinbleiben mußte mit seinen geheimen Gedanken, wozu dann eine Freundschaft. Er wollte sich einfach nicht mehr sprachlos machen lassen von der immergleichen Erfahrung: kaum gab man sich eine Blöße, prompt fand sich jemand, der ein garantiert gutgemeintes Messer da hineinstach.
Auch Iris' Bemerkung war ein Messer, einer jener unzähligen Schnitzer, die sie ihm beibrachte, um ihn herunterzuputzen, bis nur noch ein Rest von ihm dasaß, bequem in die Tasche zu stecken.
Um sie zu bestrafen, übernachtete er nicht bei ihr, was dazu führte, daß er bei der nächsten Gelegenheit um so süchtiger über sie herfiel und sich erst recht zur Brust genommen fühlte.

Immer öfter flüchtete er vor der Leere eines Blattes, um die Zeit mit ihr zu verbringen. Und je zweifelhafter er sich vorkam an ihrer Seite, desto mehr trieb es ihn, sich auszuweisen vor ihr. Um sie zu beeindrukken, vergoldete er noch den kleinsten beruflichen Erfolg. Er beging die Geschmacklosigkeit, ihr eine Zeitschrift zu geben, die einen Text von ihm enthielt (sie erwähnte ihn später mit keinem Wort), und führte sie in die Ausstellung eines Malers, über dessen Werk er einmal einen Aufsatz geschrieben hatte. – Vor jedem Bild sah sie ihn, Assen, von der Seite an, erwartungsvoll wie einen Sachverständigen, der im übrigen keinen Schimmer hatte vom wirklichen Leben. Während er noch redete, ging sie bereits zum nächsten Bild und so weiter, bis er sie aus den Augen verlor. – Sie wartete an der Garderobe auf ihn, seinen Mantel über dem Arm.

Er zwang sich, nicht mehr anzurufen, ehe sie nicht angerufen hatte, nahm dann aber schon nach dem ersten Klingeln ab. Sie gingen ins Kino, kamen ein wenig zu spät und mußten sich darum auf getrennte Plätze setzen. Vor der Kasse hatte er sie umarmt, sie war weich und nachgiebig gewesen in ihrem weißen Wollkleid, ihr Blick lockend und drohend zugleich. Nun, im Dunkeln, sah er ihren Hinterkopf ein paar Reihen weiter vorn, um ihre Frisur herum einen flaumigen Schein. Sie würde jetzt kaum an ihn denken; er begann schon, das dem Film zu verübeln. »Ich geh mal nach den Pferden sehen«, er grinste bei dem Satz und stellte sich vor, spurlos aus dem Saal zu verschwinden, aus der Stadt, in ein anderes Leben, wo er frei war von dem Zauber ihrer Haut, von der Demütigung seines Verlangens.
Draußen wartete er bereits eine Weile, ehe Iris in der Tür erschien. Sie redete mit einem Mann, der gerade einen Motorradhelm aufsetzte, reichte ihm ein Blatt aus ihrem Notizbuch. Bevor er seine Maschine bestieg, winkte er ihr zu, schwerfällig wie ein Kosmonaut, und sie strahlte.
Assen machte den Vorschlag, noch irgendwo etwas zu trinken. Sie antwortete nicht sofort, blickte dem Rücklicht des Motorrads nach, und ihr schließliches »Na gut« klang ihm, als gäbe sie ihnen noch eine Chance.
Ohne ein weiteres Wort drängte sie ihn in eine Diskothek. Sein Einwand wurde, kaum öffnete sie die Tür, verschluckt von der Musik, einem elektronischen Geräusch, bei dem er an verstärkte Nervenfasern dachte, gezupft in einem toten Körper. Sie stell-

ten sich in ihren Mänteln an den Tresen. Hier war niemand ansprechbar, Tanzen oder Trinken, dazwischen lag nichts oder wenig, und obwohl Iris mehrmals seine Hand drückte, fühlte er sich abgewiesen. Er sah die Menschen von den Klängen herumgewirbelt wie in einer Zentrifuge, die alles fortschleuderte, was nicht körperlich war. Einmal setzte eine der Lautsprecherboxen aus und bewirkte sekundenlang ein taubes Gefühl im linken Ohr, als wäre ein Relais umgesprungen in seinem Kopf und nur noch eine Hirnhälfte durchblutet.

Nach dem zweiten Glas Wein zogen sie ihre Mäntel aus, Iris schob ihn auf die Tanzfläche. Nichts erschien ihm absurder jetzt. Er hätte sie gern wieder aus dem Lokal gezerrt und so lange geschüttelt, bis die Wörter aus ihr herausgesprudelt wären, nach denen er sich sehnte. Sie fühlte das, er erkannte es daran, daß sie sich nichts ansehen ließ. Die Fäuste in die Seiten gestemmt, blieb er vor ihr stehen, ein wenig vorgeneigt in seinem zu großen Anzug. Sie blickte ihm ernst in die Augen und begann, kaum merklich erst, zu tanzen. Ohne die Füße vom Fleck zu rühren, bewegte sie Beine und Hüften. Er stellte sich ein Summen vor in ihrem Körper. Sie biß sich auf die Unterlippe und schob die Schultern nach links, nach rechts, vorsichtig noch. Assen fühlte sich gelähmt vor Verlegenheit, ein Scheinwerfer zeichnete ihre Schatten lang über die leere Fläche. Er schielte nach den Umstehenden, sah aber nur ihre Silhouetten in dem diesigen Licht, die Zigarettenglut, niemand tanzte; die Klänge waren ein Vorspiel. Iris hob die Hände, schnippte mit den Fingern. Sie schien das langsam

und drohend lauter werdende Musikstück gut zu kennen, denn genau in dem Augenblick, in dem ein Saxophonton schrill aus dem Takt sprang, riß sie an Assens Arm. Mit jäh verdrehtem Oberkörper blieb er doch starr stehen, nur seine Krawatte pendelte etwas. Er holte Luft, ein Japsen. Als der Schlagzeuger auf ein Becken drosch, schlug Iris ihm mit aller Gewalt eine Handkante in die Seite. Herumwirbelnd stemmte er gleich wieder seine Beine gegen den Tanzboden, der aus Metall war. Er hatte das Gefühl, verquer in seinen Muskelsträngen zu hängen. Sie lächelte und tanzte unbeirrt weiter. Ihre Bewegungen harmonierten kaum mehr mit den suchenden Rhythmen, den von fern sich einfindenden Klängen. Sie waren das nervöse Vorflimmern einer Melodie, die außer ihr noch niemand zu hören schien. Ein Glas zerklirrte in Stereo, ein Posaunenton tauchte auf aus dem Nichts und sauste über ihren Köpfen davon. Das Stück brach ein paar Takte lang ab.
Iris schloß die Augen, legte den Kopf schräg. Ihr Gesicht sah bleich aus, der Stille überlassen, er hätte es gern geküßt. Da öffnete sie die Lippen, die Zähne waren zusammengebissen, sie zog die Nase kraus, packte seine Krawatte und gab ihm in dem Augenblick, in dem die Musik wie eine große, lautlos hinter ihnen herangerollte, glasgrün ausgeleuchtete Welle über die Fläche brach, eine klatschende Ohrfeige.
Dann tanzte sie davon. In seinem Gehörgang begann ein Sirren, er hatte Mühe, das Gleichgewicht zu halten, und stolperte ihr, seine Krawatte lockernd, stolperte er ihr nach. Er versuchte, sich einen Weg zu bahnen durch das Figurengestrüpp der Tanzenden,

die nun die gesamte Fläche füllten, wurde aber immer wieder zurückgedrängt. Eine Frau mit Glatze, worauf eine Herrenfrisur gemalt war, trieb ihn vor sich her, indem sie mit der brennenden Zigarette nach ihm stach. Er reckte den Hals, sah Iris am entgegengesetzten Ende des Raums, eine ihrer blonden Strähnen wischte durch ihr Gesicht, Glutpunkte glimmten in ihren Augen, ein sich spiegelndes Scheinwerferpaar. Tanzend sah sie doch traurig aus, und er dachte daran, einfach zu gehen. Wieder verstummten die Lautsprecher, der Discjockey raufte sich die Haare. Ein körniges Rauschen erklang, und plötzlich hatte Assen das Gefühl – es war deutlicher als jeder Ausdruck je sein würde und im Grunde feiner als Gefühl, eine Empfindung, die eine Sekunde lang wie durch Geisterlücken aufblitzte –, als hielte das All einen Herzschlag lang ein, um die augenblickliche und doch für immer gültige Versöhnung aller Widersprüche zuzulassen: durch seine Zuneigung zu Iris.
Nur tanzend würde er sich ihr nähern können, das war klar. Er fügte sich in die Menge, die trotz der Stille weiterpulsierte mit ratternden Absätzen, klirrendem Schmuck, und trieb fast mühelos auf sie zu. Sie streichelte die Stelle, die sie gerade geschlagen hatte, umarmte und küßte ihn flüchtig – und mit dem stotternden Wiedereinsetzen der Musik begannen sie einen langen, selbst die kurzen Pausen zwischen dem Plattenwechsel ausfüllenden Tanz; es war ein Tanz, der ihm in seiner Atemlosigkeit vorkam, als wollten sie, einer bisher unbekannten Innigkeit zuliebe, ihren Körpern entwischen, sich auflösen in den Melodien, Schweißtropfen um Schweißtropfen, die funkelnd aus

ihren Gesichtern sprangen; ein Tanz, bei dem Assen nichts wahrnahm als Iris' Augen, ihr gelegentliches Lächeln und seine Krawatte, die herumwirbelte wie ein verrücktgewordener Uhrzeiger.

In der Nacht drosch Hagel sämtliche Blüten aus den Kastanien. Trostlos gerupft sahen sie aus im ersten Licht und waren doch voller winziger Früchte jetzt. Um etwas Geld zu verdienen, fuhr Assen ein paar Tage lang Taxi; die lange, sich bis ins späte Frühjahr hinziehende Kälte leid, dachte er an eine Reise, vielleicht ans Meer.

Heiter seufzend ließen sich viele Fahrgäste in die Polster fallen, noch eingenommen von einem Gedanken oder Erlebnis, dem sie sekundenlang nachlauschten mit hell gerötetem Gesicht und richtungslosem Blick, ehe sie ihr Fahrtziel nannten. Auch bei ihnen kündigte sich der Sommer in dem offensichtlichen Entschluß an, diesen Frühling nicht länger zu dulden. Ihre Kleidung sah entschieden bunt, entschieden lässig und zu leicht aus, viele waren verschnupft und zogen trotzig den Rotz hoch. In der Mitte der Rückbank sitzend, wo sie beide Arme lang über die Lehne legten und summend in das Verkehrsgetümmel blickten, wirkten sie schon wie beurlaubt von ihrer Biographie. Das Fahren leichthin schien ihrem Dasein genau das Gewicht zu nehmen, das gewöhnlich leidvoll war.

Er rief Iris an, ohne sie zu erreichen. Angestrengt, als wollte er dahinter ihre Schritte zum Telefon hören, lauschte er auf das Tuten in der Muschel, bis es immer leiser klang und sein Puls im Ohr immer lauter. Er

dachte voll zärtlicher Wut an sie, ein Gefühl, das in den Wangenknochen schmerzte. Als er nach einer Zigarette schon wieder zum Hörer greifen wollte, verschränkte er ärgerlich die Arme, streichelte sich aber bereits im nächsten Augenblick selbstvergessen die Schultern. In den Händen erwachte die Erinnerung an ihre Haut, ein paar Wörter gingen ihm durch den Kopf mit ihrer Stimme.
Eines Nachts, er stand vor ihrem Haus in seinem Taxi und starrte die dunklen Fenster ihrer Wohnung an, hörte er das Telefon klingeln hinter den Gardinen und stellte sich vor, daß *er* dort anrief aus einer anderen Zeit, als er sie noch nicht oder doch nur der Sehnsucht nach gekannt und sich »verwählt« hatte.
Am nächsten Morgen weckte ihn der Expreßbote. Iris war in dem Haus ihrer Schwester bei Florenz und schickte ihm einen Scheck für die Bahnfahrkarte und eine Wegbeschreibung. Die mit Kugelschreiber verschlungen durch angedeutete Hügel und Wälder gezeichnete Landstraße mündete in einen Abdruck ihrer geschminkten Lippen.

Vor den Fahrkartenschaltern standen lange Schlangen Wartender. Zwei Türken in orangeroten Overalls fegten die Bahnhofshalle – der ältere, der einen dicken Schnauzbart hatte und eine wulstige Falte über der Nasenwurzel, geübt und schnell, Bahn um Bahn; der jüngere, der glattrasiert war und eine modische Frisur trug, gelassen, fahrig, rauchend. Auch blieb er immer wieder stehen, um den Mädchen nachzuschauen. Der Alte ermahnte ihn mehrmals – nicht laut, aber es klang entnervt und sorgenvoll, als stände ein Aufse-

her in der Nähe. Das schien den Jungen nicht zu interessieren; er lehnte den Besen an eine Säule, zog ein kleines Radio aus der Tasche und begann, das Kabel für den Kopfhörer zu entwirren. Nun schmiß der Alte den Besen hin, mit einem überraschend lauten Knall fiel der Stiel auf die Bodenplatten, die Wartenden drehten die Köpfe. Die Fäuste erhoben, rannte der Mann auf seinen Kollegen zu, der grinsend auswich, um sich sofort wieder das Radio ans Ohr zu halten. Da packte ihn der andere mit beiden Händen, riß ihn herum und wrang ihm den Overall vor der Brust zusammen.
Was glaubst du wo bist du, rief er und blickte schnell zu den Wartenden hin. In Tanzbar? Willst du dein Geld geschenkt, Kümmeltürk, und Kindergeld dazu? Der Junge neigte beschämt den Kopf und sagte etwas in ihrer gemeinsamen Sprache, das der Alte offenbar nicht hören wollte; er packte ihn nur fester am Schlafittchen. Fegen sollst du, verstehst du kein Deutsch? Nein? Theatralisch entrüstet sah er die Wartenden an. Er versteht kein Deutsch, sagte er, das wird jetzt immer schöner. – Was willst du dann hier? Dicke Autos? Blonde Mädchen? Disco? Der Junge, bei gesenktem Blick, grinste. Disco versteht er, schrie der Alte, hast du Töne! Disco, seine Heimat! Aber hier – er schlug sich an die Brust – im Herz, er stinkt nach Schafstall. Der ist so doof, den treten die Enten tot, der kann nicht fegen, wie alle Kurden. Sie kriegen kein Messer im Restaurant, weil sonst sie zerschneiden sich Gesicht. Hörst du? Sollen die Leute hier denken, alle Türken faul? Dann aber ab in die Pampas, meine Kleener! Wir sind Menschen wie jeder,

wir haben Zahnschmerzen und Kaffee, wir haben Steuerklasse drei. Kapier das oder hol dir Papiere. Keiner soll sagen Ausländersau; immer freundlich die Leute, eins A, du Kanacke. – Willst du jetzt fegen? Er stemmte die Fäuste an die Hüften und wiederholte die Frage auf Türkisch; der Junge, dem der Kollege offenbar unheimlich wurde, nickte zögernd; er sah ihm dabei in die Augen. – Na bitte – der Alte wendete sich den Wartenden zu und kehrte die Handflächen vor: jetzt will er fegen.

*

Der Bus, den Assen vor dem Bahnhof in Florenz fand, brachte ihn bis nach Seano, einer Kleinstadt bei Bacchereto, dem Dorf, in dessen Nähe das Haus stand. Ein Rest Abendrot glühte am Ende der Landstraße. Blauschwarze Wolken, unter denen weißkehlige Schwalben flohen, zogen langsam über den Ort, und alle Konturen schienen sich stark zu machen gegen die Verdunkelung mit doppelter Schärfe. Assen konnte einzelne Grashalme erkennen, die auf Simsen und in Dachrinnen wuchsen; ein hellgelbes Haus, kaum größer als eine Garage, leuchtete hoheitsvoll. Eine Frau rief einen Namen, langgezogen, wie über Hügel hin; ein Kind, das herbeigelaufen kam, zeigte ihm stolz eine große Murmel: milchweißes Glas voller honigfarbener Schlieren. Windstöße wischten durch das Weinlaub der anliegenden Felder und kehrten die hellgrünen Unterseiten der gespritzten, unter dem drohenden Himmel metallisch blau schimmernden Blätter hervor. In einem Innenhof, den Assen durch einen dunklen, von unruhigem Kettenklirren erfüllten Kuhstall sah, wusch ein Mädchen in mohnroter Schürze Holztröge aus. Hinter einer Mauer aus Glasbausteinen brannte ein Feuer. Ein Grommeln durchrollte den Raum über den Wolken und verstummte wie verschluckt. Eine Fahne, die noch vor einem Augenblick laut geknattert hatte, klatschte schlaff an den Mast; ein Ginsterbusch, der in demselben Vorgarten stand, richtete sich in der jähen Windstille auf. Herumgewirbelte Papierfetzen schwebten auf den Asphalt zurück und blieben bewegungslos liegen, an einer efeubewachsenen Giebelwand regte sich kein Blatt. Doch am Horizont, vor einem Schimmer hellgrauen Lichts, zerwühlte ein Sturm eine Gruppe Zypressen.

Dem ersten Donnerschlag, der noch gepreßt klang, folgten ein lautlos über das Weinfeld fliegender Blitz und, einen Lidschlag später, ein Krachen, das in den Ohren schmerzte. Ein paar vereinzelte dicke Tropfen fielen in den Staub, und schließlich strömte ein weicher, gleichmäßig dichter Regen herab, so ruhig, als hätte er nichts zu tun mit dem Rumpeln, Reißen und Poltern in den Wolken. Schon schoß das Wasser in Schwällen aus den Dachrinnen und klingelte in herumstehenden Flaschen. Die Fensterscheiben beschlugen. Aus Blumentöpfen, die massenweise an Balkongittern hingen, schwappte erdbraune Brühe, und überall lagen Pflanzen mit weißgewaschenen Wurzeln auf dem Asphalt.

Assen, der weder Schirm noch Regenjacke besaß, wollte sich nicht unterstellen. Singend schritt er aus am Straßenrand, seine Schuhe, vor Nässe, quakten.

Ein Blitz erhellte einen Garten hinter Taxushecken, die roten Mützen der Zwerge im Gras; ein lebensgroßes Reh aus Ton trug einen triefenden Filzhut auf dem Kopf. Das Scheinwerferlicht eines Lastwagens, der in einer riesigen Gischtwolke dahergefahren kam, zerfloß blendend auf seinen Brillengläsern. Die Hose klebte an der Haut, doch kalt fühlte sich das nur in Höhe der Tasche an, in der ein paar Münzen steckten. Durch die erleuchtete Stalltür eines Gehöfts sah er das gefletschte Gebiß eines Pferdes, das ihm mit den darüberliegenden schwarzen Nüstern-Höhlen wie ein Totenschädel erschien. Aus einem Autowrack im Straßengraben, aus dem vermutlich niemand lebend herausgekommen war, schauten ihm drei junge Hunde nach. Im Wipfel einer hohen Zypresse hing eine weiße Plastiktüte, über den Weinfeldern schwebten violette Schwaden. Einmal blieb er unter einer der vielen Pinien stehen, die am Wegrand wuchsen und durch die kaum ein Tropfen fiel. Er rauchte eine Zigarette, die Schachtel war trockengeblieben in seiner Reisetasche. Regungslos, als wäre das Wetter viel zu furchtbar, um Angst zu haben, blickten ihn Ringeltauben an aus dem Geäst, und ein einzelner, dick aufgeplusterter Rabe öffnete den Schnabel. Doch das erst später, im Traum, als Assen den Weg noch einmal ging.

Als er nach einer Stunde Bacchereto erreichte, hatte es aufgehört zu regnen. Glitzernd und gluckernd suchte sich das abfließende Wasser seinen Weg, und in den Straßen spielten Kinder, die ihn bestaunten, als wäre er dem Fluß entstiegen. Einige hielten große rubinrote Lutscher, durch die das Laternenlicht schien. In der Bar, in der Assen einen Kaffee und einen Schnaps trank, erklärte man ihm den Weg zum Haus der *signorina tedesca*. Trotzdem verirrte er sich auf den Feldwegen. Unter dem sternenlosen, tintigen Himmel konnte er nichts erkennen als vereinzelt herumliegende weiße Steine und einmal das Hinterlicht eines davonhoppelnden Hasen. Er hörte Bäume rauschen, ohne sie zu sehen. Das erleuchtete Fenster, dem er schließlich entgegenstieg durch eine am Hang angelegte Oliven-Anpflanzung – die nasse Erde klumpte schwer an seinen Schuhn – gehörte zu einer kleinen Färberei. In einem hellblauen Dunst, in dem einige Glühbirnen brannten, standen Männer und Frauen an hüfthohen Kesseln und rührten mit Stangen darin. An einer Wand hingen mehrere Reihen dicker Winterpullover, blau; eine Greisin nähte mit flinken Stichen goldfarbene Etikette in die Kragen. In einer gelben Plastikwanne schlief ein Säugling. Ein Mann, der sich die verfärbten Unterarme abtrocknete, trat mit Assen vors Haus und wies schnell redend in eine Richtung, in der nichts zu erkennen war als Nacht. Als er sein verständnisloses Glotzen bemerkte, lachte er und lud ihn in einen Pkw, dessen Licht er einschaltete, indem er mit der Faust auf das Armaturenbrett schlug.

Er steuerte den Hügel hinauf im ersten Gang, die Scheinwerferstrahlen verloren sich in den Wolken. Oft drehten die Räder durch in der schlammigen Erde, einmal rutschte der Wagen seitlich weg, dem Hang zu, an dessen Fuß Assen eine winzige Straßenlaterne sah. Unablässig schaltend, redete der Mann mit ihm und störte sich nicht daran, daß er kaum etwas verstand. Sie fuhren ein Stück weit durch das Kiesbett eines flachen Flüßchens, dann, von drei Hunden lautlos verfolgt, quer über einen dunklen Gutshof, hinter dem es wieder steil und kurvig durch Olivenhaine ging. Das Baumlaub flirrte silbrig im Mondlicht, fast senkrecht aufgereckt sprang eine Katze durch die Luft. Zerrissen nun und ruhig trieb der Wolkenhimmel weg hinter dem schmalen, schwarz aufragenden Haus, und der Mann wendete auf einem kleinen Vorplatz. – Er erbat sich verlegen etwas zum Rauchen, etwas Deutsches, *originale*. Als Assen ihm seine Schachtel geben wollte, verneinte er und nahm sich zwei Zigaretten. Schnell fuhr er wieder den Hügel hinunter, und der andere, froh, endlich am Ziel zu sein, empfand das wiederholte Aufstrahlen der Bremslichter wie ein Grüßen.

Fensterlos dunkel war das Haus, soweit er sehen konnte. In der Nähe stand ein offener Schuppen, in dem Landwirtschaftsgeräte glänzten, Rechen, Sicheln. An einer Pinie lehnte ein Solex, in der Höhlung der defekten Lampe steckte eine Orange. Über eine Grasböschung führte eine Treppe aus großen, unbehauenen Feldsteinen, und mit dem Schreck, der ihn durchfuhr, als er die unvermutet ausgetretenen, wohl von Generationen abgenutzten Stufen betrat, fühlte er sich glücklich eingefügt in die Umgebung des Gebäudes. Er ging um die Mauerecke und sah sich wiedergegeben von einer Glastür, hinter der ein paar Kerzen brannten. Im Innern des Raums, auf einem Tisch, bemerkte er einen Laib Brot, Zwiebeln und das schwärzliche Rot einiger Weinflaschen. Beim ersten Schritt in die Küche zertrat er eine Paprikaschote, die

neben anderem Gemüse auf dem kühlen Fußboden lag. Eine Maus verschwand ohne Hast unter dem Holzstoß am Ofen. Die Kacheln waren locker und knirschten, so vorsichtig er auch ging. Aus dem Obergeschoß, über eine Treppe voller Bücher, stürzte, in Holzpantinen, Iris auf ihn zu.
Die Augen zu Schlitzen verengt, zufrieden, erschöpft, ließ er sich ihr aufgeregtes, liebevolles Willkommen gefallen. Sie richtete Badewasser und gab ihm trokkene Kleider und warme Schuhe aus geflochtenem Stroh. Sie briet Eier und Reis und sah ihm beim Essen zu, während sie rauchte. Immer wieder schmunzelten sie einander an, und weil er vor Hunger gern geschlungen hätte, kaute er langsam. Ein Fremdsein, eine erwartungsvolle Stille war zwischen ihnen und trieb schließlich, nach ein paar zaghaften, fast höflichen Fragen und Antworten, den langen, plappernden, alles wichtigmachenden Sprachstrom hervor, in dem sie auflebten. Assen konnte Iris nicht aus den Augen lassen, entdeckte immer neue Schönheiten in ihrem Gesicht, das ihn, so ausschließlich wie es ihm zugeneigt schien, auch ein wenig einschüchterte. Die Schatten ihrer gestikulierenden Hände flackerten durch den Raum, in ihren Pupillen glimmte sein Feuerzeugflämmchen, und plötzlich wurde ihm klar, daß diese zärtliche Stimme, dieses Lächeln, die schönen Züge, mit denen Iris ihn in der Gewalt hatte, ein haargenaues Spiegelbild der Schmerzen waren, an denen er eines Tages verzweifeln würde. Allein.

Weißt du die Zeit? Ewigkeit. Hinter dem Uhrglas an der Wand klemmten getrocknete Blumen. Die Sonne stand über dem offenen Haus, durch das die Vögel flogen, die Schatten wanderten. Das ganze Tal roch nach frisch gemähtem Gras. Der frühe Juni war bereits ungewöhnlich heiß, man rechnete mit Waldbränden im Lauf des Sommers. Auf dem nahen Monte Albano schob eine Planierraube Fahrbahnen für die Feuerwehr ins Gehölz. Tagelang war ihr Heulen zu hören, der durchdrehende Motor, das Brechen der Bäume.

Assen lag im Gras mit den Hühnern der Nachbarschaft, trank weißen, eisgekühlten Wein und rauchte mit Behagen mehr, als ihm guttat. Er las: Verse von Montale, die Upanishaden, Highsmith. Träge war er doch ganz da und brummte lesend Melodien. Eine Wickenart hatte sich emporgerankt an einer Zypresse, durchsetzte ihr tiefernstes Grün mit winzigen Blüten. (*Pinie*, sagte Iris, das klingt für mich, wie Zypressen aussehn.) Farben fielen ihm auf wie nie: ein blaues Handtuch an einer roten Plastikleine, die grün glasierten Dachziegel eines weißen Hauses, das vielfältige Grau und Braun der Tauben, und zum ersten Mal seit seiner Schulzeit hatte er Lust, zu malen. Er staunte. Gab es so etwas wie eine treibende, die Enge der Formen überstrahlende, den Betrachter durchglühende Sehnsucht der Farben: wiedergegeben zu werden unter diesem Himmel? Iris kam aus dem Dorf zurück, sie trug ein weißes Kleid. Die Knöpfe waren rot wie die Wickenart.

Sie legte einen angebissenen Apfel auf sein Buch und zeigte ihm die Zunge. Er sah ihr nach, ihrem eigentümlichen Gang, der ihn bezauberte, seit er sie kannte. Bei jedem ihrer langsamen Schritte, die sie mit leicht nach außen gespreizten Füßen machte, schien ihr Unterleib sanft nach vorn zu schwingen, während die Schultern mit den lässig herabhängenden Armen nach hinten wiesen. Als er diese Gangart einmal heimlich nachahmte, fühlte er sofort eine gleichbleibend leise, sexuelle Erregung. Er richtete sich auf, sah sie durch die helle Küche gehen, nackt, ins Bad. Ihre Haut glänzte vor Schweiß und reflektierte eine Sekunde lang das Grün der durchsonnten Akazie vor der Tür. Er verstand nicht, was sie sagte, hörte nur ihre Stimme, wie er weniger das Tal vor sich sah als seine Weite, weniger den Himmel, in dem Libellenflügel blitzten, als seine Unermeßlichkeit. – Iris stand gebeugt vor der Wanne und blickte sich schmunzelnd nach ihm um.

Wer hatte geschrieben, daß es kein richtiges Leben im falschen gibt? Jedenfalls übersah er, daß so einen Satz nur schreiben kann, wer »richtig« lebt. – Manchmal fehlte ihm nichts zu seinem Glück als jemand, dem er dafür danken könnte.

Die Kirschen waren reif, die Kinder der Bauern stiegen mit Kopfhörern ins Laub oder hängten Transistorradios an die Äste. Über den ganzen Hang verstreut standen Kisten voller Früchte. Iris trug einen schwarzen Unterrock und eine Granathalskette, ums Flußgelenk gewickelt. Sie saß auf der Schwelle und strich einen Stuhl. – Kirschen, sagte sie, während sie in die weiße, vom Pinsel fließende Farbe starrte, sind eine schaurige Erinnerung. Das Waisenhaus, in das sie meine Schwester und mich direkt vom Grab der

Mutter weg verfrachtet hatten, stand in einer Wolke blühender Kirschbäume. Im Frühjahr wurde es nie richtig dunkel im Schlafsaal, so daß wir immerzu flüsterten, bis der Schatten der Aufsichtsschwester erschien. Sie schlug mit der Rute auf die Betten und befahl uns, zu schlafen. – Weißt du übrigens, warum ich so schnell esse, so schlinge? Weil es in dem Heim nie genug Nachtisch gab für alle, so daß nur die welchen bekamen, die zuerst mit dem Hauptgang fertig waren, also immer die Jungs. – Wir mußten miternten in jedem Juni, und einmal zog ich mir eine Trainingshose an, die einen Gummibund an den Fußgelenken hatte. Ich stopfte sie voll Kirschen für meine Schwester und mich, stahl mich davon und deponierte die Beute in unseren Betten. Um sicherzugehen, daß sie nichts ausplauderte, aber auch um sie zu überraschen, erzählte ich meiner Schwester nichts. In der Abendandacht bekam ich aber doch Angst, sie könnte erschrecken oder auch die Bettdecke zu weit zurückschlagen, uns also entlarven. Ich machte ihr Zeichen (wir saßen in Altersgruppen getrennt). Ich faltete die Hände und legte sie unter die Wange, so. Sie nickte. Das Bett hatte sie also verstanden. Wie aber sollte ich ihr die Kirschen klarmachen. Ich steckte mir ein paar gedachte in den Mund und kaute darauf herum, doch sie schüttelte den Kopf. Sie hatte für ihre Schönschrift einige Karamellen bekommen und glaubte wohl, sie sollte mit mir teilen. Dann machte ich mit jeder Hand ein Finger-V, so: zwei Kirschen an zusammenhängenden Stengeln. Die hängte ich mir über die Ohren, so, und nickte ihr zu. Sie lächelte mit allen Zahnlücken, die sie hatte, hängte sich ebenfalls zwei Finger-V's über die Ohren und nickte zurück. Die Kirschen waren also auch klar. Nun hatten uns die anderen natürlich bemerkt – Tuscheln, Kichern, knarrende Bänke –, und plötzlich gab es in jeder Reihe ein paar kopfnickende Kinder mit dem Finger-V über den Ohren. Doch der Herrgott hatte, wie durch ein Wunder, die Augen woanders. – Ich war noch im Waschraum, putzte mir die Zähne, als ich meine Schwester schreien hörte. Ich konnte mir denken, was passiert war. Sie hatte sich blindlings ins Bett gewälzt, in die platzenden Kirschen, und sah sich in ihrem weißen Nachthemd nun über und über voll Blut, die Kuh. Als wäre eine Bombe eingeschlagen, kreischte alles durcheinander, und die Schwestern eilten durch die Gänge in ihren grauen Ordensröcken, sahen aus wie riesige Rochen. – Und weißt du, was sie mit mir gemacht haben, nachdem die Betten frisch bezogen waren? Die Oberschwester zog mich am Ohr in ihr Dienstzimmer und schloß die Tür. Sie nahm ein Madonnenbild von der Wand, bekreuzigte sich und trennte es aus dem Rahmen. Den legte sie auf den Fußboden und schüttete Erbsen in das Rechteck (vielleicht waren es auch Kirschkerne oder Bohnen, ich weiß es nicht mehr), bis sie unverrückbar dicht lagen. Darauf, während sie in aller Seelenruhe ein Buch las, mußte ich knien, eine geschlagene Stunde lang. – Zunächst schien es nicht schlimmer zu sein als auf der harten Kirchenbank während des Hochamts. Doch schon nach wenigen Augenblicken fühlte ich jede Erbse, als würden mir dünne Stahlstangen durch die Kniescheiben und langsam den ganzen Körper hochgeschoben. Je unruhiger ich herumruckte vor Schmerz, desto schmerzhafter wurde es, ich hatte das Gefühl, aufzuquellen, alle Haarwurzeln brannten. Der Zeiger der Wanduhr schien festzukleben an meinem flehenden Blick, der Puls pochte im Kopf, als wollte er das Trommelfell durchhaun. Ich zerbiß mir die Lippen, um nicht zu heulen. Und als ich schließlich aufstehen durfte, ging das nicht mehr. Auf allen Vieren kroch ich durch die Korridore in mein Bett. – Sie haben keine Träne gesehen.

Ist nicht die Begeisterung für eine Landschaft, für Landschaft überhaupt, nur der Widerschein uneingestandener Verzweiflung: darüber, daß es sie eigentlich schon nicht mehr gibt? – Na, sagte Iris und warf einen Keks nach dem vorbeistolzierenden Hahn, der aufrauschte wie eine Flamme – du liegst auf einem Hügel bei Florenz und klagst wie aus dem Bombenkrater. Wären wir im Paradies, du würdest dich vor Glück erschießen.
Das Haar noch naß vom Duschen, legte sie sich zu ihm ins hohe Gras, wobei sich das rote Handtuch, in das sie gewickelt war, löste. Die lang über ihren Körper hinausragenden Halme und die Zweige eines nahen Ginsters bewirkten ein Geflecht aus Schatten und Licht auf ihrer Haut, das Blau ihrer Augen schien wäßrig. Sie fingerte an seinem Gürtel. Noch vor wenigen Minuten hatte er einen benachbarten Bauern gesehen im nahen Olivenhain. Er sagte ihr das und drehte sich auf den Bauch, um weiterzulesen. Da bemerkte er auf dem tiefer, in Rufnähe gelegenen Gehöft zwei Frauen, grauhaarig beide, die, vor An-

strengung gebückt, eine große Blechwanne voll dampfenden Wassers in die Sonne stellten. Ein Kind, etwa zehn Jahre alt, kahlgeschoren und im Trainingsanzug, lehnte zwei Leitern an eine weiße Wand. Als er, um besser verfolgen zu können, was dort vorgehen würde, das Kinn über die Halme reckte, keilte Iris ihr Knie unter ihn und rieb ihr Gesicht an seinen Brusthaaren. Wieder griff sie an seinen Gürtel, und während er, auf einen Ellenbogen gestützt, eine ihrer Hände festhielt, öffnete sie mit der anderen seinen Reißverschluß. Im Hof, mit einem Fußtritt, schleuderte das Kind eine gelbe Plastikschüssel neben die Blechwanne und blickte dann, die Arme vor der Brust verschränkt, zu einer Stalltür hin, aus der die Frauen ein Schwein zerrten in dem Augenblick, in dem Iris sich vollends unter ihn zwängte. Mit jeweils beiden Händen hielten sie das Tier, dessen Vorderbeine zusammengebunden waren, an den Ohren fest und rissen es ruckweise auf die dampfende Wanne zu. Das schien dem Kind – war es ein Junge, ein Mädchen – nicht schnell genug zu gehen, es versetzte dem Schwein, dem nur ein heiseres Fiepen durch die zugeschnürte Kehle kam, Tritte gegen das linke Hinterbein, das schwarz war, schwarz umwickelt, wie es schien, eine Art Bandage. Nun machte es große Sätze, hoppelte an der Wanne vorüber und fast in die Wiesen, so daß die Frauen, ihre Köpfe wurden vor Anstrengung rot, es zurückzerren mußten mit aller Gewalt. Assen fühlte Iris' Fingerspitzen auf dem Körper, ein flüchtiges, wieder und wieder um ihn geschlagenes Netz von Berührungen, ihre Lippen warm und weich an seinem Hals. Die Arme, gegen den

Boden gestemmt, begannen ihm zu zittern, er schloß die Augen. Als er sie wieder öffnete, hockte das Kind mit einer Zigarette im Mundwinkel hinter dem Schwein und hielt das unverbundene Bein umklammert, während eine der Alten mit gerafftem Rock, als wollte sie es reiten, über das Tier stieg, seinen Hals zwischen ihre teigig weißen, blaugeäderten Beine klemmte und es an den Ohren festhielt. Ein Lächeln über dieses Bild: der Schweinekopf, der unter dem Frauenrock hervorschaute mit offenem Maul, wurde von einem Schreck, einem inneren Blitz aus seinem Gesicht erwischt in dem Augenblick, als Iris ihn, mit einem hellen Laut, in sich zog. Sie verklammerte ihre Beine hinter ihm, er fühlte seine kalte Gürtelschnalle zwischen ihren Bäuchen und sah, wie eine der Alten mit ruhigen Bewegungen Lage um Lage der Bandage abriß, offenbar war es ein einfacher Klebestreifen, eine Art Isolierband. Während das nun laut quiekende und vor Angst oder Schmerz auch urinierende Tier erfolglos bockte im Griff der anderen, wurde ein dürres, im Verhältnis zum übrigen Körper wie ein Stecken anmutendes Bein sichtbar, von großen, zum Teil vereiterten Wunden bis auf den leuchtend weißen Knochen zerfressen. Nachdem alle drei es eine Weile betrachtet hatten, lief eine der Alten ins Haus und kam mit einem rotlackierten Gerät, einer Bohrmaschine ähnlich, einem Bolzenschußgerät, wie es schien, zurück. Iris, die nichts von all dem sah im Gras und seine Reaktionslosigkeit offenbar als aufstachelnde Absicht deutete, biß in Assens Brust und versuchte, ihn mit zornigen Beckenstößen in Bewegung zu bringen, er fühlte ihr hartes Schambein. Sie harkte mit den Fingernägeln über seinen Rücken und schlug ihm schließlich die Handkanten in die Ellenbeugen, so daß er auf sie sackte mit ganzem Gewicht, sich einfand in ihren Rhythmus. Ihren Atem im Ohr, ihr atemloses Flüstern, überhörte er doch nicht das kleine runde Geräusch unten im Hof, das weiterwanderte hinter seinen geschlossenen Lidern als ein schwarzer Punkt. Er hob das schweißtropfende Gesicht über der stöhnenden, sich in den Handrücken beißenden, mit den Beinen schlagenden Frau und erblickte das tote Tier, an dem sich die Alten flink zu schaffen machten mit langen, schmalen Klingen, während das Kind eine Schüssel voll Blut ins Haus trug.

Später, als Iris die Schweinehälften an der weißen Wand bemerkte – die Hunde der Nachbarn umlagerten den Hof mit witternd erhobenen Nasen –, erzählte er ihr, was er gesehen hatte. Sie zog die Brauen zusammen, schüttelte den Kopf, und er, der sich bei aller Lust doch ein wenig vergewaltigt fühlte, stärkte sich nun an ihrem Entsetzen. Wort für Wort riß er das Schwein noch einmal auf die dampfende Wanne zu und zog ihm das Pflaster vom faulenden Bein. Doch sie schien ihm über die ersten Sätze hinaus gar nicht zugehört zu haben. Es sei grundfalsch, sagte sie mit einem Sachverständnis, das ihm nun haarsträubend vorkam, grundfalsch, ein Tier mit Gewalt an den Schlachtplatz zu bringen. In der Todesangst gerate nämlich nicht nur sein Kreislauf, sondern auch der Hormonhaushalt aus der Bahn und durchsetze das Fleisch mit toxischen Substanzen, so daß es in Geschmack und Aroma verfremdet werde. Man müsse das Tier vielmehr behutsam locken, unter gutem Zureden, mit einer Möhre, mit etwas Klee. Wieso, fragte sie, als er sich angewidert zeigte. Ißt du kein Fleisch?

Sie verbrachten noch ein paar Stunden in Florenz, ehe sie zurück nach Deutschland fuhren. Wie gewöhnlich war die Stadt voll von Touristen, die einander ausdrücklich übersahen, linkisch wie Bordellbesucher. Eine Kellnerin aus Lauters Café trat aus einer Boutique und lächelte Iris an. Ein doppelstöckiger Reisebus klemmte mit röhrendem Motor fest in einer der engen Seitengassen, von denen einige bereits im abendlichen Schatten lagen, während hoch unter dem nachmittagsblauen Himmel die Blechbeschläge der Dächer glänzten. Es war Samstag, vor vielen Kirchen parkten polierte, blumenverzierte Limousinen, aus einem hohen dunklen Portalbogen flackerte der knisternde Schein unzähliger Blitzlichtgeräte. Iris trug eine Halskette aus dicken grünen Plastikkugeln, ein hellgraues, knielang und formlos herabhängendes Kleid und grüne Schuhe. Sie ging ein paar Schritte vor ihm, mit ausgebreiteten Armen auf dem Randstein balancierend, und immer wenn die Sonne aus einer der Seitenstraßen heraus durch den Kleiderstoff schien, sah er die Silhouette ihres Körpers. Sein Verlangen wohl fühlend, drehte sie sich um und lächelte, zaghaft. Die Zärtlichkeit, mit der er sie umarmte, die unvermutete Fähigkeit dazu, kam ihm selbst wie eine Liebkosung vor – von irgendwoher. Es war eine Zärtlichkeit für zwei. Erstaunt bemerkte er, daß Iris weinte. Ich weiß nicht, antwortete sie auf seine Frage, ich fühle mich plötzlich so klein und stark.

Im überfüllten Zug bis München stand er die meiste Zeit im Gang. Einmal wurde ein Platz frei in einem Abteil, Iris, die bequem auf einem Notsitz saß, wies ihn darauf hin. Doch er wollte nicht hineingehen, er hielt die Menschen darin für eine Sorte. Es waren die üblichen Freizeitdeutschen, die Bier und Weinbrand tranken und Italiener noch in Verona Ausländer nannten. Soviel er hören konnte, unterhielten sie sich fast nur in Aussage- oder Feststellungssätzen. Der Mann ist ja völlig untauglich als Trainer; die ziehen *uns* das Geld aus der Tasche; man ist immer so alt wie man riecht. Wenn sie Limonade meinten, sagten sie »Fanta«, als sie von Papiertaschentüchern sprachen, sagten sie »Tempo«-Taschentücher, und als einer die Uhrzeit wissen wollte, fragte er den anderen: Was sagt deine »Rolex«. Aber wie wunderte sich Assen, als in diesem Gerassel von Sprach-Chips die Wörter *vielleicht, möglicherweise* und *eventuell* laut wurden – auch wenn es dabei nur um die Aufstiegschancen eines Heimatvereins ging. Es waren also noch Zweifel möglich. Nun weiß ich, sagte er zu Iris, was uns Deutsche von den Deutschen unterscheidet.

*

Die Chromteile strahlten die Morgensonne zurück, ein feines Sprühen. Noch im Schlafanzug, schraubte der Vermieter an seinem Moped und sah nicht auf, als Assen den Hausflur betrat. Der Postkasten war verstopft mit Werbezetteln. Er blätterte ein paar Briefe durch und stieg ohne ein Wort die Stufen hoch.

Eine Einladung zu einer Lesung erinnerte den Unausgeschlafenen an einen immer wiederkehrenden Traum: Er steht vor dem Publikum; eine Veranstalterin in militärisch geschnittenem Kostüm hat ein paar einleitende Sätze gesprochen, und er sucht in einer Mappe nach Gedichten, die er vortragen will. Doch findet er nur Entwürfe, Zettel voller Kaffeeflecken, flüchtig gekritzelte Halbgedanken, bis zur Unlesbarkeit korrigierte Typoskripte. Er traut seinen Augen nicht und blättert alles noch einmal durch. Das Publikum, nach einer Minute gespannter Stille, beginnt unruhig zu werden. Raunen, Hüsteln, Füßescharren – er ist sicher, daß die Texte in der Mappe sind, und doch bringt er den Kopf nicht hoch, um ein paar entschuldigende, Geduld erbittende Worte zu sagen. Er schwitzt unter dem hoch in der Kuppel befestigten Scheinwerfer, mit dem ihn ein Beleuchter bei jedem zaghaften Schritt aus dem Brennpunkt heraus verfolgt. Er zwingt sich, tief zu atmen, und sucht noch einmal, Blatt für Blatt, den dicken Stapel durch, der zunehmend ins Rutschen gerät zwischen seinen nervösen Fingern, sich auffächert wie ein riesiges, hin und her flappendes Kartenspiel. Im Saal – er sieht es aus den Augenwinkeln – flammen vereinzelt Streichhölzer auf, Zigarettenrauch kriecht auf ihn zu, er kann den Stapel kaum noch halten. Da weit und breit keine Ablagemöglichkeit besteht, kniet er nieder und legt ihn bequem auf den Oberschenkel des linken, angewinkelten Beins, um weiter darin zu blättern. Die Suche bleibt erfolglos, die Texte sind wie nie geschrieben, das Vorhandene ist einfach nicht lesbar. Er steht auf (ein paar Blätter trudeln die Rampe hinunter) und hebt in Erwartung unduldsamer, spöttischer Blicke das Gesicht. – Doch die Zuhörer, sofern sie nicht schon gegangen sind – dabei hat er das Stühlerücken, das wiederholte Knarren der Tür für die Geräusche Dazukommender gehalten – scheinen ihn längst vergessen zu haben. Gähnende Leere im Saal; man unterhält sich flüsternd über verlassene Stuhlreihen hinweg, eine Frau liest Zeitung, zwei Männer zeigen einander zähnefletschend die neuen Goldkronen. Moment mal, ruft er erschrocken und drückt sich an der bös blickenden Veranstalterin vorbei in die Garderobe, wo er hastig seine Manteltaschen durchwühlt. Doch auch da keine Gedichte. Nun entschließt er sich, sie auswendig vorzutragen, und um ein weiteres Davongehen des Publikums zu verhindern, ruft er schon aus der Garderobe heraus eine erste Zeile in den Saal. Einige Zuhörer, die sich bereits erhoben haben, nehmen nochmal Platz, andere unterbrechen ihre Plauderei. Als er sich zur zweiten Zeile wieder einfindet unter dem Scheinwerferlicht, weiß er nicht mehr, wie sie lautet. Die letzten verlassen kopfschüttelnd den Saal, die Veranstalterin löscht das Licht, und er stampft auf im Dunkeln, als käme dadurch die Sprache in Gang, stampft immer wieder auf, bis er sich die Bettdecke vom Körper gestrampelt hat und fröstelnd erwacht.

Lauter saß an einem seiner weißgedeckten Tische, neben einer Flasche Wein stand eine Reiseschreibmaschine. Das Café war fast leer. Ein paar junge Leute, der Kleidung nach Mitglieder einer Sekte, wurden von der Kellnerin so lange übersehen, bis sie hinausgingen. Uniformierte, sagte Lauter, werden hier nicht bedient. Vor kurzem waren das alles noch endzeitverzückte Schwarzseher, jetzt sind sie alle erleuchtet. Und wenn du sie fragst, wovon, können sie dir das mit Worten nicht erklären. Sie haben eine Art zu schweigen, vor der du automatisch doof dastehst in deiner Sprachnot. Daß du überhaupt noch formulierst, ist schon dein Krebs. Aber vielleicht sind sie mir bloß unsympathisch, weil sie so wenig Umsatz bringen, diese Teetassen. – Er riß ein leeres Blatt aus der Maschine und zerknüllte es. Ich sollte lieber ruhig sein. Wenn Schreiben heißt, daß man etwas zu sagen haben muß, stehe ich nämlich schwarz in der Ecke. Kaum bringe ich etwas zur Sprache, bringt mich meine Sprache zum Schweigen, und was ich beim Namen nenne, heißt meistens ganz anders. Meine Notizen bersten vor Einfällen, die beim zweiten Lesen nichts als Reinfälle sind, intellektuelle Teppichfransen, Gänseblümchen-Reflexionen. Völlig verirrt in meinen Gedankengängen, gelingt mir kein einfacher Satz mehr. Schreib, sagte mir neulich ein älterer Kollege, ein guter Gast, schreib von deiner Generation, erzähl mir, was sie bewegt, was sie lähmt, diese Video-Brut. Gut, habe ich gesagt, gib mir mal die Telefonnummer meiner Generation. So einer redet auch immer davon, eine Spur zu hinterlassen; er will eine Spur hinterlassen mit seinem Werk. Als ich ihm vorschlug, Baggerführer zu werden, verließ er wortlos mein Lokal. – Wenn ich überhaupt noch Vorstellungen habe, dann Honorarvorstellungen. Und nicht gegen die Phantasielosigkeit anzukämpfen ist das Schwierige, sondern dagegen, vor Phantasielosigkeit moralisch zu werden. In dem Maß, in dem mir die Felle davonschwimmen, lasse ich kein gutes Haar an den anderen. Früher hatte ich immer Angst, nicht auf der Höhe der Zeit zu sein – und sei es, um von dort auf andere hinabzusehen. Heute weiß ich, daß diese Angst die Höhe der Zeit *ist*. Aber ich weiß auch, daß die Zeit die Höhe ist, und kümmre mich nicht mehr drum. Ich starre stundenlang in eine Richtung, ohne zu wissen, daß es eine Richtung ist. Die Sonne geht unter hinter der Schreibmaschine und scheint durch die leere Seite. Eine Sylvia kommt mir in den Sinn, ich streiche sie aus, eine Karin dito. Ich versuche einen Gedanken zu fassen und habe meinen Pimmel in der Hand. Spätestens dann weiß ich wieder, daß ich viel lieber mit einer Frau zusammen wäre. Wenn ich aber mit einer Frau zusammen bin, kann ich nicht mehr schreiben, dann bin ich ein Pärchen. Und was ist armseliger, lächerlicher, trostloser als ein Pärchen? Jedes ein kleines Kuhdorf für sich. Kaum gehen sie eine Beziehung ein, die Versprengten, gehen sie auch schon ein an der Beziehung, und du kannst zusehn, wie jeder Glanz einbüßt im Schatten des anderen. Weil sie versorgt sind und niemanden mehr gewinnen müssen, verlieren sie alles Gewinnende, inklusive Phantasie. Jeder die Vorrichtung des anderen zur reibungslosen Triebabfuhr, einhellig bis zur Unkenntlichkeit. Man hat sich so lange etwas zu sagen, bis man sich nichts mehr zu verschweigen hat, von der Schnapsflasche im Besenschrank mal abgesehen. – Wo bin ich stehengeblieben? Beim Schreiben. Oder meine Bäckerin steigt aus dem Auto, Brüste wie Brote, was prompt einen Tipfehler ergibt. Ich träume offensichtlich davon, sie einmal durchzukneten. Sie lächelt, wir legen im Geist unsere teigfarbenen Körper aneinander, und ich steck ihr meinen Kirschriegel rein, bis ich Hunger kriege und mir von ihrem Mann Gebäck von gestern andrehen lasse. Und zwischen den Zeilen rauscht der Verkehr. – Freihändig schreiben, auch das war mal ein Traum. Aber im Innern ganz zerknüllt von meiner Papiernot, halte ich nach Tagen aufreibender Arbeit nichts in den Fingern als sechs oder sieben Sätze, die sich krümmen in ihrer leeren Vieldeutigkeit wie Regenwürmer in der Marmelade. Immer öfter habe ich das Gefühl, von den Schwierigkeiten des Schreibens an die Wand gestellt und jeden Augenblick von meinem eigenen Text erschossen zu werden.

Iris rief lange nicht an, etwas beleidigt wählte Assen ihre Nummer. Sie nahm den Hörer ab und biß in einen Apfel, bevor sie sich meldete. In seinem Mißmut kam ihm ihre Stimme heller vor als gewöhnlich, glitzernd fast. – Ja, nein, sie könnten einander nicht sehen im Moment, sie habe so wahnsinnig viel Termine. Außerdem erwarte sie ihre Schwester aus Hamburg. Zu einem Essen, dessen Zutaten sie ihm lang und breit auseinanderlegte, lud sie ihn nicht ein. Als gäbe es nichts Wichtigeres zwischen ihnen, erzählte sie von einer geliehenen Nähmaschine und einem kaputten Schuh. – Was ist los, rief sie nach einer Weile, bitte schweige nicht so, als müßte ich dir irgendwas erklären. Erschrocken entschuldigte er sich, schwieg aber weiter. Er hatte damit gerechnet, den Abend mit ihr zu verbringen, doch jetzt, in seiner

Enttäuschung, würde jedes Wort nur vorgeschoben klingen, womöglich höflich. Er war erleichtert, als sie den Hörer mit einem raschen, schon fast an der Muschel vorbeigesprochenen »Augenblick mal« zur Seite legte und fluchend, doch zwischen den Flüchen immer wieder flötend, in ihrer Küche hantierte. Das Pfeifen eines Wasserkessels wurde langsam leiser, ein Topfdeckel fiel zu Boden und rappelte da noch lange nach. – Später wollte sie hören, wie es ihm ging, und während er redete, summte sie leise eine Melodie aus ihrem Radio mit. Am Ende hatten sie ein Telefongespräch geführt.

Wie kurz die Reise auch gewesen war, sie reichte aus, ihm die Stadt angenehm zu entfremden, sie von ihm zu rücken eine Gedankenspanne weit, Lebensraum für ein paar Tage. Daß sie sich während seiner Abwesenheit auch durch seine Abwesenheit verändert hatte, in diesem Satz fühlte er sich freilich geborgener als in der Stadt selbst. Er konnte sich viel zu gut vorstellen, woanders zu leben, um hier heimisch zu werden. Berlin, das Wolkenkuckucksheim subventionierter Kulturteilnehmer, diese auf Hundescheiße gebaute Pappstadt, wie Lauter sagte, war ihm längst kein Grund zur Aufregung mehr. Es war, vor allen Dingen, kein Thema. Kunstrasen. – Im »Kaufhaus des Westens« unterhielt er sich mit einer Verkäuferin, die gerade übergesiedelt war aus dem Osten. Das Angebot sei zwar größer, sagte sie, aber was hier menschlich so laufe, finde sie unter aller Sau. – Was läuft denn hier so, fragte Assen. – Naja, alle denken doch immer nur an das Eine, alle denken in deutscher

Währung. Liebe oder Freundschaft, zum Beispiel, sagt hier doch keiner mehr ohne Mikrophon. Alles vertont. Jeder will gleich mit jedem ins Bett, ohne Personalangaben. Die Stadt kommt mir vor wie eine riesige Geschlechtskrankheit. Und dabei bleibt jeder für sich, selbst wenn er mit anderen zusammen ist. Jeder glotzt aus seiner kostbaren Persönlichkeit heraus wie aus einem Brunnenloch. Es gibt keine Menschen mehr, nur noch Nachtmenschen. Und morgens kriegt man nicht mal Frühstück.

Assen war dieser Stadthalde aber auch dankbar für ihren schemenhaften Charakter, ihr buntscheckiges Unwesen, das ihm nach und nach die Augen geöffnet hatte für die falsche Geborgenheit jeder Lebensform. Daß er allein war, hatte er immer gewußt, doch hier erst leibhaftig erfahren. Es war jedenfalls ein guter Ort, um in Gedanken ganz woanders zu sein. In Berlin, wo vieles schneller seinen Ausdruck fand als es wahr sein konnte, sah er sich einmontiert wie eine Zeichentrickfigur in einen realistischen Film – zwischen seinen Schuhsohlen und dem Asphalt befand sich eine feine Luftschicht, und manchmal fragte er sich, ob nicht alles Leiden in dieser spurlosen Anwesenheit bloß noch Konvention ist, Phantomschmerz, wie ihn der Versehrte empfindet im längst amuptierten Bein.

Anflüge von Eifersucht: sich fehlen fühlen. Als würde das Blut bitter von einer Sekunde zur anderen: sich fehlen fühlen. An ihrer Seite.

Auf dem Gehsteig vor dem Bahnhof standen mehrere Mannschaftswagen der Polizei, Beamte in Kampfanzügen saßen auf den Trittbrettern und lasen Zeitung. Ein Unbemerkter hatte hinter die Aufschrift eines der Autos ein Ausrufungszeichen gemalt. Über dem Zoologischen Garten, in einem graugelben Dunst, zerfloß das Sonnenlicht; drei Stadtstreicher schliefen in einer Mauernische. Sitzend und eng aneinandergelehnt, erinnerten sie an Photos von toten Frontkämpfern im Unterstand. Eine Autotür knallte zu, und ein Schwarm Tauben flog auf vor dem Eingang zur U-Bahn, in dem eine Frau erschien. Sie trug einen schmalen Aktenkoffer und lackrote Stöckelschuhe zu einem dunkelgrauen Nadelstreifenanzug. Ihr schönes Gesicht sah müde aus, noch gar nicht richtig da in seiner Makellosigkeit, die pünktlich bei Geschäftsbeginn zum Fürchten sein würde. Sie rührte Assen, wie sie unbeweglich auf der vorletzten Stufe des Schachtes stand und mißmutig auf den Bahnhofsplatz blickte. Die knarrenden Eingangstüren, die eiligen Passanten, die sich die zusammengefalteten Morgenzeitungen an die Schenkel schlugen, die vorfahrenden, hart abbremsenden Taxis – das war offensichtlich nicht ihre Welt. Er sah ihr eine leitende Position an und ein Auto, das sich gerade in der Werkstatt befand. Grinsend wünschte er sich doch, nie vor ihrem Schreibtisch stehen zu müssen mit einer lebenswichtigen Bitte, und stellte sich vor, wie sie ihn anhörte, gelangweilt, während sie sein vielfaches Spiegelbild auf ihren polierten Fingernägeln betrachtete. Was ist Ihr Problem, würde sie fragen und sofort weitersprechen: Ihr Problem ist ... Sie sah auf die

Uhr. Ihr rotes Haar mit einer Hand zurückharkend, schritt sie auf das Bahnhofsgebäude zu, ihre Absätze kratzten. Die Polizisten pfiffen, sie lächelte knapp, ließ sich aber nicht irritieren auf ihrem Weg, der, so dachte Assen, zweifellos in den Erfolg führte, auf den Höhepunkt einer Karriere, an ihrem Geschlecht vorbei.

Über den leeren Parkplatz, auf dem er mit seinem Taxi stand, über das Gewirr aufgemalter Orientierungslinien flitzten ein paar vertrocknete, vom Wind getriebene Lindenblätter wie winzige Räder, wie das Zahnrädchen am Holzgriff, mit dem seine Mutter früher ihre Schnittmuster perforierte. Und da erinnerte er sich an die Anzüge, die sie seinem Bruder und ihm geschneidert hatte und die von derselben Farbe gewesen waren wie der Nadelstreifenanzug der Frau, die gerade im Bahnhof verschwand. Einen Sommer lang machte die Lächerlichkeit dieser Kreation jeden Sonntag zur Qual. Sie bestand aus einer Weste, zu der sie ein weißes Hemd tragen mußten, und einer kurzen Hose ohne sogenannten Hosenladen, der angeblich zu schwer zu fertigen war. An seiner Stelle verlief vom Nabel an abwärts eine Naht, die sich tief eindrückte in ihre Geschlechtsteile. – Assen erinnerte das Brennen zurückgehaltener Tränen, als die Spielgefährten (fast alle schon in langen Hosen) einmal riefen: Da kommen die Spaltenkinder.

Machten sie einen »Sonntagsspaziergang«, trug ihre Mutter ein Kostüm aus dem gleichen Stoff. Hinter ihnen schreitend, befahl sie immer wieder, nicht so »herumzuschlenkern« (sollten die Leute sie für Zigeuner halten?), sondern sich geradewegs an dem

Verlauf der Gehsteigplatten zu orientieren. Dazu gab sie ihnen korrigierende Schläge mit Handtasche oder Schirm. – Assen, schon vor Scham darüber, in Gegenwart anderer Passanten gemaßregelt zu werden, hielt sich so panisch gerade, daß er von hinten angeherrscht wurde, nicht so unnatürlich steif zu gehen.

Je länger Iris nichts von sich hören ließ, desto quälender wurde der Verdacht, daß sie sich zurückzog von ihm. Und es ließ sich nicht wegdenken oder überschlafen oder mit einem Bier hinunterspülen, dieses Gefühl, im Gegenteil. Indem er es sich immer wieder ausredete – es gab ja keinen Anlaß dazu –, ätzte er es immer tiefer ein. Beweise, dachte er, und daß er ihnen kaum noch glauben würde. (Daß er überhaupt Zweifel hatte, schien ihm Beweis genug.) Mit jedem Tag, an dem sie nicht anrief, sah er sich mehr um ihre Aufmerksamkeit gebracht, wie um einen Gleichgewichtssinn, und eines Morgens kam er nicht mehr hoch: deutlicher als sich selbst fühlte er einen anderen.
Er dachte sofort an jenen Motorradfahrer, an ihr Lächeln, das sich gespiegelt hatte in seinem Visier.

Ohne Frage, irgendwelche Zeichen waren ihm entgangen, eine Nuance in ihrem Stillschweigen, eine Höflichkeit, eine erhobene Braue. Das beschämte ihn in seiner Empfindsamkeit, die er sich insgeheim so oft zugute hielt, und die sie mehr als einmal rücksichtslos genannt hatte, weil er sie nur für sich aufbrachte. Erschrocken stellte er fest, daß Iris seiner sicher sein konnte, daß es schon lange nicht mehr jenes belebende Ringen um Nähe und Distanz, jene aufstachelnden Zweifel zwischen ihnen gab, die sie wachhielten füreinander. Vor allem Verständnis waren sie sich selbstverständlich geworden, wie träge Pelztiere krochen sie zueinander und überschliefen alles Fragwürdige, bis keiner mehr danach fragte.

Ruhig Blut. Vermutlich hatte Iris nur zu tun, Seminare, Examen, die Schwester, und alles würde sich klären. Vermutlich lebte er in seiner Angst wieder schneller als die Zeit. Doch wollte er sie nicht ein weiteres Mal anrufen, denn einer unausgesprochenen, aber peinlich eingehaltenen Regel zufolge wäre Iris an der Reihe gewesen. Es war lächerlich. Es war wichtig jetzt. – Er zwang sich, zu arbeiten. Am Schreibtisch, in einem Zustand geistesabwesender Konzentration, hielt er es zeitweise aus.

Wie eine Verhöhnung von irgendwoher kam es ihm vor, daß diese mittlerweile so vertraute Frau wieder zum Geheimnis werden sollte unter seinen Augen. Er hatte sehr gut ohne sie gelebt, solange er sicher sein konnte, daß sie ihn begehrte. Ihre vermeintliche Abkehr aber riß ihn aus einem ungeahnten Element, brachte sein Chaos durcheinander. Wo gestern noch ein umsichtiger Verkehrsteilnehmer ging, stolperte jetzt das geborene Unfallopfer. Ein Lastwagenfahrer, den Oberkörper weit zurückgereckt, trat auf die Bremse, die Ladung unter der Plane schlug um. Ein Schuhverkäufer, den er versehentlich anrempelte, ließ einen Stapel Kartons in die Auslage eines Obstladens stürzen. Entschuldigungen stammelnd, sammelte Assen alles ein, der Mann verschränkte die Arme vor der Brust und musterte ihn wortlos. Eine Frau in einer weiten Satin-Bluse, unter der er die Brustwarzen sah, streckte ihm die Zunge heraus. Durch die automatischen Glastüren der Einkaufshallen traten vollbepackte Menschen und spähten, nichts als Kaufwut im Gesicht, bereits nach einer nächsten Gelegenheit. Daß jedem irgendeine Krankheit anzusehen war, Herzbeschwerden, Kreislaufschwächen, Geld, fand er auch wieder tröstlich; um sich an ihnen aufzurichten, erklärte er sie kurzerhand zu Krüppeln. Unvorstellbar, eine zärtliche Sehnsucht hinter diesen Mienen. Haßfratzen, dachte er und sah im nächsten Augenblick, in einem Schaufensterspiegel, sein eigenes, haßverzerrtes Gesicht.

Wenn es bis hierher das Glück gewesen war mit ihr, dann fand er es dunkel darin, wie in einem Goldklumpen dunkel. Was bedeutete ihm ihr Verhältnis denn mehr als den Beweis dafür, daß er eine schöne Frau gewinnen konnte. Diese Tatsache befriedigte ihn oft nachhaltiger als Iris, die schöne Frau. Daß er sie liebte oder je geliebt hatte, konnte er doch beim besten Willen nicht sagen, oder dachte er sich unter Liebe etwas Falsches. War es nicht überhaupt falsch, sich darunter etwas zu denken? Drückte er sich vor dem Gefühl mit seiner Vorstellung davon, die immer noch zehrte von ein paar Augenblicken in der Pubertät? Er ahnte ja, daß es sich nicht mehr einstellte aus heiterem Himmel, daß es erwirkt werden wollte mit Liebesmühe. Aber das war eine zu unbequeme Wahrheit, um nicht immer wieder in Vergessenheit zu geraten. Lauter, der lederne Lauter hatte gerufen: Mensch, du bist ja verliebt. Er selbst fühlte nichts (oder doch nur den Ekel vor der trotzigen Bekundung, nichts mehr zu fühlen).

Daß er überhaupt an einen anderen dachte: war das nicht schon der Schatten seines Schattens? Daß er fortan nach Spuren suchen würde in ihrem Verhalten, ihrem Gesicht: war das nicht schon seine Spur?

Er vergaß, die Wasserhähne zuzudrehen oder seinen Kot hinunterzuspülen. Er stolperte immer wieder über Mülltüten, die er in den Korridor gestellt hatte, um sie später auszuleeren, trat Speisereste, Teeblätter und Eierschalen auf dem Läufer breit. Er wusch sich nicht mehr und ging mit allen Kleidern ins Bett. Seine Wohnung roch nach faulgewordenem Blumenwasser. Auf seinem Schreibtisch stand eine kleine Schüssel Kartoffelpüree, das voller Zigarettenkippen steckte. Er betrank sich schon morgens, schluckte Valium und starrte stundenlang auf das tonlos flackernde Fernsehbild. Auf seinen Zähnen bildete sich nach Tagen ein Belag, den er mit den Fingernägeln abkratzen konnte. An einen Kessel auf dem Gasherd erinnerte er sich, als er schon glühte. Daß er den Kühlschrank sperrangelweit offengelassen hatte, merkte er erst, als sich die Eisscholle unter dem Gefrierfach löste und krachend in die Küche fiel.
Er befürchtete, daß sein Telefon nicht in Ordnung und er nicht erreichbar wäre; er rief Lauter an und bat ihn, zurückzurufen. Das Telefon war in Ordnung.
Auf seinem Kopfkissen fand er den haarfeinen Ab-

druck ihrer getuschten Wimpern. Er goß sich Whisky in den Wein und dachte an den anderen, der ihm immer aufdringlicher vorkam in seiner Abwesenheit und den er sich nur als sein Gegenteil vorstellen konnte. – Er war der Gedankentrottel, der andere fuhr ein Motorrad. Er war das Brett in ihrem Bett, der andere war der Traum: Sein Leben roch nach Pfefferminz und war ihm vermutlich für alles zu schade. Er betrank sich immer nur ein bißchen, sagen wir mal, nach jedem bestandenen Examen, und sah vor dem letzten Schluck auf die Uhr. Was er noch nicht erlebt hatte, konnte er sich vorstellen. Der ging durch sein Dasein wie durch ein Büro. So einer wußte, was er wollte, und schnitt sich nicht ständig ins eigene Fleisch mit ungelenker Gedankenschärfe. Der macht seinen Schnitt, liebe Iris. Der wird dir Familie gründen im Abgrund, ein Haus baun auf dem Bombenberg und schuften für deine runzlige Rente.

In einem anderen Leben würde er ihn töten.

Es hatte die ganze Nacht geregnet, ein Geräusch, als zerknüllte eine Riesenhand unablässig Seidenpapier vor dem Fenster. Das morgengraue Gurren der Tauben begann, das Kratzen ihrer Krallen auf den Simsen. Ringsum wurden die Autos gestartet, die Fensterscheiben vibrierten, es kitzelte in der Nase. Lange schon lag er wach und starrte in den verhangenen Himmel. Er fühlte sich gereizt bis in die Haarspitzen hinauf; vorsichtig bewegte er die Zunge im Mund; die Zähne schienen scharf wie Scherben. Als er gähnte, rissen die Lippen. Wie zum Hohn, wie mit hölzer-

nem Lachen bretterte ein Lkw über eine Asphalt-Welle, ein Mopedmotor drehte durch. Rasselnde Rollos. Er zog sich die Decke über den Kopf. Aus der Steckdose neben seinem Bett sang eine leise Radiostimme.
Ach Assen. Am Ende hatte er sich aus Eitelkeit eine Leidenschaft eingeredet, aus einem Hauch von Schmerz einen Herzbrand gemacht. Am Ende schaute er heraus aus seinem stoppeligen Gesicht wie ein Kater, wenn es blitzt. – Es blieb ein leiser Trost, daß »Der Andere« etwas mehr darstellte als eine fixe Idee, daß er eine gewisse Leibhaftigkeit besaß, auch wenn er sie sich, wie das Fleisch von Geistern, nicht vorstellen konnte. Er hatte ihn vermutlich nur deshalb so deutlich gefühlt, weil er ein Teil seiner selbst war: Iris, die sich in Hamburg befand, wo der Mann ihrer Schwester eine Arztpraxis betrieb, schrieb ihm, daß sie schwanger sei. Und glücklich. Bis bald.

*

Er las »Vereinigung durch den Feind hindurch« von Rudolf Borchardt, zum zweiten Mal. Es war ein Uhr nachts, als er Schritte im Treppenhaus hörte, schwere Stiefel, Männerstimmen, ein metallisches Klappern. Er zwang sich, einen eben begonnenen Absatz zu Ende zu lesen, ehe er nachsah. »Ich lasse mich nicht dazu herab«, stand da, »von den Verhältnissen mehr zu verlangen als meine Notdurft und diese Kammer.« Ein schöner, ein luxuriöser Satz, wie er fand, und schrieb ihn in sein Notizbuch. Als er aus seinem Zimmer in den dunklen Korridor trat, leuchtete ihm ein Taschenlampenstrahl ins Gesicht – durch den Briefschlitz seiner Wohnungstür. Der Lichtpunkt wanderte ruhig an ihm hinunter, über sein linkes, über sein rechtes Hosenbein, über die Hände und wieder zurück auf sein Gesicht. – Was wollen Sie, fragte er in die Blendung hinein, und es antwortete eine Stimme, wie geboren, um alles und jeden zur Ordnung zu rufen. Daß es die Polizei war, erleichterte ihn wenig. Er öffnete.

Unglücksfall in der Wohnung, sagte einer der drei Uniformierten und trat ein. Dürfen wir eintreten. Die anderen gingen an ihm vorbei und verschwanden in den Zimmern mit ihren quäkenden Funkgeräten. Assen glaubte, den Polizisten nicht richtig verstanden zu haben. Unglücksfall in der Wohnung, wiederholte der die Einsatzformel und stiefelte musternd in die Küche. Aber hier ist niemand verunglückt, sagte Assen. (Etwas fiel auf die Dielen nebenan, einer der Männer lachte.) Wir werden ja sehen, sagte der Beamte. Ausdrücklich übersah er die Unordnung in dem Raum, was sie erst augenfällig machte. Er schien den Eindruck vermitteln zu wollen, daß er etwas Wesentlicheres suchte, vermutlich das Prinzip, das dahintersteckte. Gleichzeitig bemühte er sich, gelangweilt auszusehen, als wäre nichts beunruhigend, alles normal. Er kaute seinen Kaugummi langsam, bei geschlossenen Lippen.

Die anderen kamen zurück, einer winkte mit ausgestrecktem Zeigefinger ab. – Sie haben recht, sagte der offensichtliche Vorgesetzte und lächelte jetzt. Hier ist wirklich niemand verunglückt. Naja, nichts für Ungut – wahrscheinlich ein Mißverständnis in der Zentrale. Das kommt vor. Wenn Sie nun auch noch der eingetragene Mieter dieser Wohnung sind, wäre ja alles klar. – Selbstverständlich bin ich das! – Selbstverständlich, sagte der Beamte. Darf ich mal Ihren Ausweis sehen. Und Assen wies sich aus in seiner Küche. – Angeblich wußten sie nicht, wer sie alarmiert hatte, wünschten ihm aber eine gute Nacht. Seine Tür verriegelnd – nun auch mit dem sonst nie benutzten Sicherheitsschloß –, hatte er das Gefühl, etwas für lange Zeit Verseuchtes zu versiegeln.

Am nächsten Morgen räumte er seine Wohnung auf, wusch und rasierte sich und beschloß, anschließend in ein Café zu gehen.
Mit Iris ein Kind zu haben, von ihr in eine jahrzehntelange Verantwortung gesperrt zu werden – nichts war ihm seit seiner Einberufung zum Militär bedrohlicher vorgekommen. Wenn er sich trotzdem manchmal fragte: Warum eigentlich nicht, so nur, um den künftigen Schwierigkeiten mit ihr aus dem Weg zu gehen, indem er sie wenigstens in Gedanken gar nicht erst aufkommen ließ. So absichtslos, so beiläufig wie dieser Wurm entstanden sein mußte, wollte er ihm weder Wert noch Würde zuerkennen; ein biologisches Stolpern, ein Auswuchs ihrer hitzigen Beziehungslosigkeit, dessen Beseitigung allenfalls ein technisches Problem darstellte: Gespräche, Formulare, Laufereien. Und doch: erstaunt glaubte er immer wieder, dieses Kind leibhaftig zu fühlen, als wüchse es nicht nur in Iris, sondern auf irgendeine geheime Weise auch in ihm heran. Oder war das wieder bloß poetisch.

Während er sich die Fingernägel feilte, las er den Brief wieder, ihre viel zu große, herrische Schrift. Manche Wörter brachen – über den Bogen hinausgeschrieben – einfach ab am Rand und erschienen in der nächsten Zeile noch einmal. Gestern hatte er geschmunzelt über die Formulierung: du hast ein Kind gezeugt; das klang rührend unsicher, bange fast. Jetzt schlug er mit der flachen Hand auf das Blatt. Sie ahnte also bereits seine Abwehr. Um ihr zuvorzukommen, machte sie aus seinem Samen, der ihr doch immer ein wenig widerlich gewesen war, eine Kraft, gar einen Verdienst. Plötzlich war das »schnöde Gevögel«, wie sie einmal gemault hatte, ein schöpferischer Akt. – Wie gering mußte sie ihn schätzen. Auch daß sie sich glücklich fühlte, hielt sie ihm unter die Nase wie einen Wattebausch voll Chloroform. Keine Eingriffe bitte. Bedenken würden ihr Glück nur trüben. Sowas übers Herz bringen und Kinder fressen war damit eins. (Bei näherem Hinsehen fühlte er sich freilich in erster Linie davon aufgebracht, daß sie das »du«, wie alle anderen auch, klein geschrieben hatte.)

Als er seine Wohnungstür zuziehen wollte, griff er ins Leere. Der Vermieter hatte den Türknauf abgeschraubt. Auch an der Stelle der Klingel ragten nur noch zwei krumme Drähte aus dem Verputz, die funkten, wenn er sie aneinanderhielt. Assen trat einen großen Eimer weißer Farbe um, bevor er das Haus verließ. Sie floß in seidigen Wellen die Treppe zum Keller hinunter, in dem sofort ein Fluchen lautwurde, dann ein Patschen und Poltern, als versuchte der Vermieter, die glitschigen Stufen hinaufzurennen.

Die Fußgängerampel schaltete auf Rot; tote oder im Todeskampf mit den Flügeln zuckende Falter lagen in weiten Abständen über den Gehsteig verstreut. Kinder rannten lautlos von einem zum anderen und traten sie, wie Schneebeeren, platt. Am Fenster einer Parterrewohnung lehnte ein Mann und starrte tränenblind ins Leere. Durch das offene Tor konnte Assen in das dunkle Innere einer Kirche blicken; auf dem Altar standen Handwerker in blauen Monturen und schweißten an dem Kruzifix. Ein einzelner, in der Mittagshitze versehentlich klingender Glockenton machte deutlich, wie still es in der Straße war, die er gerade, bei Rot, überquerte.
Auf der anderen Seite wartete eine Frau mit Kinderwagen, in dem sich ein dickes Federbett bauschte. Ihre Augen lagen ganz im Schatten ihrer wulstigen Brauen, und doch bemerkte er ihren bösen, auf sich gerichteten Blick. – Junger Mann, sagte sie, die offensichtlich nicht älter war als er: Sie sind aber ein schlechtes Beispiel für Kinder. Sie zeigte auf die Ampel. – Wem sagen Sie das, gab er im Gehen zurück. Und war schon an ihr vorüber, als sie schrie: In die Fresse hauen sollte man dir, aber ganz gewaltig! In die Fresse, du Sack! Es klang so schrill, daß einige Nachbarn aufsprangen hinter ihren Balkonblumen und, nach irritiertem Kopfrucken in alle möglichen Richtungen, ruhig auf ihn hinabsahen wie auf den eben entlarvten und damit für vogelfrei erklärten Bewohner einer anderen Welt.
Steif ging er weiter, nah an den Fassaden entlang, und erwartete allen Ernstes einen Schlag, irgendwas Geworfenes, das ihn im Kreuz treffen und dem dann ein

Geprassel von Gegenständen folgen würde. Er trat in die automatische Café-Tür und wäre fast über ein kleines, ferngesteuertes Polizeiauto gestolpert, das ein Kind zwischen den Tischen herumkurven ließ. Die Kellnerin stellte einen Aschenbecher vor ihn hin mit einem lauten Bittesehr, das ihm wie der Befehl zu einem Dankesehr klang. Er verlangte Kaffee und Cognac, bestellte den Cognac aber wieder ab. Eine Zeitschriftenverkäuferin, die ihre Ware an jedem Tisch anbot, ging an seinem vorbei; er hätte sie gern gefragt, was sie ihm ansah. Momentlang gefiel er sich in der absurden Vorstellung, in dem Geschrei vorhin weißhaarig geworden zu sein. Die gefalteten Hände zwischen die Knie geklemmt, starrte er seine Tasse an und horchte dem Keifen jener Frau in sich nach. (Nicht, daß ihn ihre Verfluchungen berührt hätten; es war die Stimme, ihr Klang, das namenlose, Mark und Bein zerreißende, im Grunde mörderische Schrillen dieser Unperson, vor dem er verstummt war durch und durch. Und er ärgerte sich über seine ängstliche Hellhörigkeit und daß man ihn immer noch weniger mit einem Wort als mit dem Ton, in dem es gesagt wurde, einschüchtern konnte, daß er kopflos zu machen war mit der Schnittkante einer Stimme.) – Er ging an den Tresen und holte sich doch einen Cognac.

Andeutungsweise fühlte er sich jetzt schon zugerichtet von dem, was kommen würde. Er sah junge, braungebrannte Familienväter, die ernst und aufrecht ihre Lieben überblickten; doch die Entschlossenheit in ihren Gesichtern wirkte ratlos. Er sah Frauen, die sich aalten in ihrer Unnahbarkeit und verfettete, in

die Kindheit abgeschobene Kinder, die unter den Tischen Haushunde würgten. – Das war das Normale, der kurze Aufruhr, Steuerklasse eins, das lange Weiterdämmern dann in drei. Herr Hölderlin, bitte in Kabine vier.
Er hatte einmal bei der Post gejobt, vor den Weihnachtstagen Pakete ausgetragen in den Trabantenstädten, im Schneematsch bis tief in die dunklen Nachmittage hinein. Schmelzwasser und Erbrochenes auf den Kunststeintreppen, Aufzugsknöpfe, von ausgedrückten Zigaretten verbrannt, lärmende Stereoanlagen, und in jeder der tausend Türen derselbe stirnrunzelnde Herr des Hauses, dieselbe kinderbändigende Frau im Hintergrund, dieselben Fernsehgeräusche – das war nun bekannt. Und doch wollte er es kaum glauben. Daß diese Menschen keinen Anstoß an ihrer Lebensform nahmen, war ja wohl ihre Lebensform, der leiseste Anstoß brächte sie um. Er konnte das beim besten Willen auch nicht kritisieren, wurde nur kraftloser jeden Tag und schließlich krank. (Spannbeton: ein Fieberwort; Husten, hallend wie hundert Treppenhäuser.) – Nicht, daß er anders als normal gewesen wäre in seiner mehr oder weniger teilnahmsvollen Distanz. Ihn unterschied vermutlich nur der Gram darüber, nicht anders zu sein.

Vom Nebentisch herüber fragte ihn jemand nach der Zeit. Tiefstes Tierreich, murmelte er und konnte die Haare auf seinen Armen nur noch affig finden. – Was hatte er sich überhaupt dabei gedacht, ein Mann zu sein, auf seinen Hoden zu hocken, einen Samen zu haben? Natürlich nichts. Nie hatte er sich um seine

Männlichkeit gekümmert, immer nur um den Zauber der Frauen – und daß der plötzlich einen Zweck haben sollte, fand er denn doch schockierend; gerade diese Zwecklosigkeit war ihm bisher so sinnvoll vorgekommen. Dabei unterschied sich sein »Frauenbild« (er dachte das Wort, als bezeichnete es ein Leiden) kaum von dem der Fernsehschirme oder Illustrierten. Daß er diesen geschäftsmäßigen Schönheiten nachhing, akzeptierte er wie eine zwar schlechte, doch menschliche Eigenschaft: verzeihlich. Was ihm bisher zugestoßen war an Weiblichem, die Motorradbräute und Discomiezen, die Karrierefrauen und Seminaristinnen, die Sexbomben und Feministinnen, konnte er unmöglich mit einer Leibesfrucht in Verbindung bringen. Geblendet von ihrem Lächeln oder seinem Wunsch danach, nahm er keine Kreaturen wahr unter dem Rouge, keinen Mutterleib unter der Spitzenwäsche. – Auf seine Frage, was sie gegen Nachwuchs mache (er setzte selbstverständlich voraus, daß *sie* ein Verhütungsmittel nahm), hatte Iris nur Och... gesagt: ich lutsche Pfefferminzbonbons. Und du? Daraufhin hatte er angenommen, es sei ihr unangenehm, über etwas derart Technisches zu reden, und im Vertrauen auf ihre Vorsicht nicht mehr nachgefragt.
Nun sah er Kinder im gegenüberliegenden Park; er sah sie Blumen pflücken mit dem Lasso.

Hinters Licht geführt von allen Liebesgeschichten der Welt, entdeckte er plötzlich in jedem Frauengesicht eine milde, mehr oder weniger übermalte Mütterlichkeit – oder doch die leise Bereitschaft dazu. Auf der schwarzen Bluse der Kellnerin, in Brusthöhe, sah er einen feuchten Fleck, den er sofort für überschießende Milch hielt. Überhaupt bemerkte er nun bei jedem zweiten Blick aus dem Fenster stolz einherschreitende Schwangere. In Gedanken ganz woanders, lächelten sie wie erlöst davon, Persönlichkeit vorzutäuschen: endlich konnten sie nur noch Mutter sein. Er las eine beängstigende Genugtuung in ihren Mienen, einen Triumph darüber, mit dem vermutlich langersehnten Baby auch den Gatten zu haben: dingfest unter Dach und Fach. Die Männer daneben wirkten widerlich friedfertig, wie um ihr Rückenmark gebracht, hilflose Angestellte ihrer eigenen Erektion, überrumpelt von einem Naturgesetz, mit dem sie in ihrer Paragraphenwelt wohl kaum mehr gerechnet hatten. Und plötzlich ohne Skrupel, an Frauen im allgemeinen zu denken (er konnte sie ja nicht besonders finden im Moment), hatte er Lust, das ganze Geschlecht zu verfluchen: diese ondulierten Gehirne, diese blöde blickenden Blumengesichter. Daß sie sich stets und unausgesprochen für etwas Besseres, womöglich Moralischeres hielten, ihr stillgebieterisches Auftreten, wo immer sie gingen, ihre Zweifellosigkeit, als wäre jeder Hüftschwung eine Welt-Bewegung – Erbarmen! Kein einziges, qualvoll zur Sprache gebrachtes Liebesgedicht waren sie wert, diese Lockenwickler, alle Symphonien vorbeigegeigt an diesen Ohren voll Babygebrüll, alle Bilder in den Sand gemalt vor diesen dumpfen Mutteraugen. Kannst du mir, fragte er sich, *ein* totalitäres Regime der Vergangenheit oder Gegenwart zeigen, in dem die *Frauen* den Widerstand organisiert oder in die Hand genommen hätten? Charakterlos wie Wasser finden sie überall ihren Weg, Hauptsache sie haben eine Brut im Bauch. Häng ihnen einen Säugling an jede Brust, und sie finden das Leben noch lebenswert im schlimmsten Stacheldrahtverhau. Nur um geliebt zu werden, um keinen Augenblick allein zu sein, pressen sie einen Wurm nach dem anderen auf diesen Scherbenstern; eine Sekunde allein, und sie knicken zusammen wie Roboter ohne Strom. Und warum bringen sie kaum was auf die Beine in Wissenschaft und Kunst, diese Luschen, warum, zum Beispiel, gibt es keine weiblichen Religionsstifter? Weil sie fürs Metaphysische ungefähr soviel Sinn haben wie Kühe fürs Radioprogramm. Erst wenn sie alt sind und die Kinder aus dem Haus, verdüstern sie das Innere der Kirchen mit ihren schwarzen Kostümen und ermahnen betend ihren Gott, im Winter immer lange Unterhosen zu tragen.

Nach dem nächsten Cognac hatte er das Gefühl, ihnen auf die Schliche gekommen zu sein, doch das mußte geheim bleiben. Die Stirn geneigt, beobachtete er sie wie einer, der mehr wußte, als gut für ihn war. Er benahm sich betont unauffällig, das heißt, er stierte nach wie vor auf seine Lieblingsstellen. Und tatsächlich: wie sie sich aufschraubten und vorwölbten, wie sie schimmerten unter seinem düsteren Blick, schienen die Frauen sich überhaupt nicht vorstellen zu können, daß man sie anders als begehrlich betrachtete: Hexen in Engelsgestalt, die ihn ins Dunkle, Dröge drücken wollten mit ihren Hüften, in eine Hölle aus Heim und Herd. Jeder Lidstrich war ihm plötzlich ein Indiz dafür, jedes Lächeln, jedes Winken schien nur das Kind im Mann zu meinen. Ihre Sanft-

heit fand er bloß noch babygenehm, ihre Schönheit: Katalysator seines Samens. Er war der Wasserträger der Schöpfung. Sie blühten auf.
Heilige Einfalt. Wahrscheinlich war es nicht mal dumm, was er da dachte. Wahrscheinlich war er zu naiv, um dumm zu sein.

Zwei Tage später rief Iris an. Sie mußte am offenen Fenster sitzen, er hörte Kirchenglocken. Sie sagte nur Hallo, ich bins, und schwieg dann. – Wie geht es dir, fragte er und ärgerte sich augenblicklich über seinen kleinlauten Ton. Hast du Schmerzen? – Natürlich würde sie diese täppische Frage sofort gegen ihn kehren, und er lachte, um sie ungeschehen zu machen. – Wie, fragte sie, was hast du gesagt, ich verstehe kein Wort. – Wie es dir geht, wiederholte er lauthals gegen das Sonntagsläuten am anderen Ende und war schreiend auch gleich gereizt. Wollte sie sich verschanzen da, in dem Geballer? – Moment mal, sagte sie, dann klangen die Glocken wie hinter Glas. – Also, was hast du gesagt? Mir ist nämlich ein Kuchen verkohlt, ich mußte lüften. – Als er die Frage zum dritten Mal stellte, klang sie gegen seinen Willen sanft, nahezu zärtlich. – Schlecht geht es mir, sagte sie, der Bauch tut mir weh, gereihert hab ich heute früh. – Ge-was? – Na gereihert! – Was ist das, fragte er, obwohl er es natürlich wußte. Er wollte aber so nicht mit sich reden lassen. – Herrgott, rief Iris, gereihert ist gereihert, das weiß doch jedes Kind! Ich wähl mich eben nicht immer so gedrückt aus wie du!
Sie lachten, viel zu lange. Als sie dann umständlich von Hamburg erzählte, von der Wohnung ihrer

Schwester und der neuen Praxis ihres Schwagers, unterbrach er sie stracks mit der Frage, wann sie einander sähen. Sie schwieg ein paar Herzschläge lang, wobei er zu atmen vergaß, und sagte dann leise: Vorerst nicht. – Und warum nicht? – Ich weiß nicht. Entschuldige. – Du weißt nicht? – Ich kann es dir nicht sagen, es ist albern. Sei nicht böse. – Was ist albern? – Hör auf mit dem Fragen. Du wirst mich auslachen, wenn ich's dir sage. – Also los. – Es ist zu blöd. Ich habe Angst. – Wovor? – Du wirst mich für verrückt halten. – Wovor. – Bitte, sagte sie, du hältst mich nicht für verrückt oder sowas, nicht wahr? Sie machte eine Pause. Der Stille war anzuhören, daß sie gleich weinen würde. – Einfach Angst, schluchzte sie, ich habe Angst, daß du mir das Kind wegmachst. Plemplem, ich weiß, kann das auch gar nicht erklären. – Das Kind wegmachst? – Naja, nicht chirurgisch oder so, das ist doch klar. Eher durch deine Anwesenheit; als würde alles in mir ausgelöscht, verdunkelt oder sonstwie weggehext, wenn ich in deine Nähe käm. Aber ich sag ja, es ist furchtbar albern. Ich bin vermutlich nur hysterisch. Entschuldige.

Wie einer, der sich davonmacht, spitzte er die Lippen zu einem lautlosen Flöten. Er sah sich gespiegelt im kalten Fernsehschirm und sah sich nichts an. Auf dem Fenstersims bemerkte er eine Taube, ihr orangerotes Auge, in der Küche fiel ein Tropfen aus der Wasserleitung mit einem hellen, hallenden Geräusch, das er aus Höhlenfilmen kannte. Iris atmete tief und japste erleichtert. Er zündete sich eine Zigarette am Filter an.

Nicht, daß ihn ihre Tränen hilflos gemacht hätten (er

wollte ihr nicht helfen). Er fühlte sich aber weich und nachgiebig werden gegenüber Wünschen, die sie noch gar nicht geäußert hatte und die wahrscheinlich eher Forderungen und Ansprüche sein würden. Und wie einer, der sich im Traum noch eine Weile in die Tiefe fallen sieht, ehe er sich den rettenden, wachrüttelnden Ruck gibt, begriff er erst nach einem erneuten Seufzen am anderen Ende, daß sich gerade in Form seiner Weichheit und Nachgiebigkeit ein Schicksal durchzusetzen begann gegen die Logik seiner Impulse und Instinkte, vor dem er nur die Hände vors Gesicht schlagen konnte.

Es ist gut, sagte er gedankenverloren, du bist nicht hysterisch, beruhige dich – und hörte sie schon wieder aufgeräumt, fast plappernd von Hamburg erzählen, von den Hobbys ihres Schwagers und den Kindern ihrer Schwester, die herausgefunden hätten, daß Schmetterlinge stinken. Und als er sie noch einmal behutsam nach einem Wiedersehen fragte, antwortete sie, als hätte sie mit den Tränen auch die Angst verloren, bereits weniger vage. Doch wollte sie ihn nicht vor Ende nächster Woche treffen, sie ziehe nämlich um: in eine Wohngemeinschaft, Studienfreunde, Zufall. Zufällig sei ein Zimmer freigeworden, Sonnenseite, vierter Stock.

Durch die Gasleitung kam das Husten des Mechanikers, aus dem Wasserhahn ein rostroter Schwall. Ein Bohrer heulte auf unter seinen Räumen, um dann, im Putz, nur noch dumpf zu wummern. Ruhig wie Uhrensand rieselte Kalkstaub aus alten Nagellöchern in der Wand.

Etwas flog mit einem Knall gegen die Fensterbank aus Blech. – Hinunterblickend sah er den Vermieter, der, die Augen mit beiden Händen beschirmend, heraufspähte. Er hatte offenbar einen Stein geworfen. Assen, hinter seiner Scheibe, lachte lautlos auf. Der andere preßte die Lippen zusammen, wischte mit dem Fuß im Bausand und zwischen leeren Zementtüten herum und fand einen weitern Stein, den er drohend in der Hand wog. Assen zog sein Hemd vor der Brust auseinander, trat aber doch zur Seite, als der halbe, um seine Achse wirbelnde Ziegel angeflogen kam. Er schlug gegen die Hauswand knapp unterhalb seines Fensters. Er öffnete es und setzte sich auf die Brüstung. – Der Stein, rief er, dürfte das Gewicht Ihrer Wut gehabt haben, war also zu schwer. Nehmen Sie einen kleineren. Es kommt nicht auf die Größe an, sondern auf die Geschwindigkeit, mit der Sie ihn schleudern. Gäbe es entsprechende Kanonen, man könnte Sie mit Ihrem Hemdknopf erschießen. Treten Sie auch etwas zurück, ein zu steiler Wurfwinkel dürfte die Zielgenauigkeit beeinträchtigen. Außerdem könnte Ihnen das herabfallende Geschoß auf die Kinnspitze schlagen. Und denken Sie daran, Sie haben es nicht nur mit einer gewissen Entfernung, sondern auch mit einer gewissen Höhe zu tun: berücksichtigen Sie das Täuschende der Perspektive. Zielen Sie ein wenig über mich hinaus, wenn Sie mich treffen möchten.
Das werden wir gleich haben, du Klugscheißer, rief der Vermieter und schleuderte den dritten, einen Pflasterstein. Assen sah sofort, daß er nicht hinaufgelangen würde bis zu ihm, und blieb, die Arme vor der

Brust verschränkt, sitzen. Der Vermieter, bei offenem Mund, hob langsam die Augenbrauen, als wollte er so die Flugbahn steuern, ihn höher biegen, den hohen Bogen, in dem der Stein in das nagelneue, im zweiten Stock gelegene »Atelierfenster« schlug, um dann noch ein Stück weit ins Wohnungsinnere, über den frisch lackierten Parkettboden zu kollern. Der Vermieter hielt sich den Kopf mit beiden Händen und starrte lange erschrocken, als hätte es in seinem Körper geklirrt.

Ich habe es Ihnen gesagt, rief Assen und hob den Zeigefinger. Sie überschätzen Ihre Kräfte. Begreifen Sie doch, daß alle Gewalt sich letztlich gegen den Täter kehrt, daß Ihre Bosheit in erster Linie Sie selbst zerfrißt. Denken Sie an Ihr Magengeschwür, entspannen Sie sich, bleiben Sie friedlich. Ich glaube, dort hinten links liegt ein leichterer Stein. – Der andere schüttelte den Kopf wie nach einem Tagtraum und blickte sich wild auf dem Erdboden um. Ein Knurren durch die zusammengebissenen Zähne pressend, schleuderte er den vierten Brocken – der wieder nur in das nun leere Fensterloch flog. Das Kollern auf dem Holzfußboden war schon blanker Hohn.

Assen konnte das nicht mehr mitansehen. Er nahm sein Bügeleisen vom Bücherregal und hob es vor den großen Augen des anderen langsam hoch ins Sonnenlicht. Dann – der Vermieter drehte den Kopf weg hinter den schützend erhobenen Händen, was ihn irgendwie verzückt aussehen ließ – stieß er einen Schrei aus und schlug das Fenster ein mit zwei, drei schnellen Schlägen. Es hatte ohnehin einen Sprung gehabt.

Das Haus, in das Iris umgezogen war, stand offen, im Treppenflur roch es nach Schnaps. Assen glaubte, daß sie sich vor ihm verbarrikadierte in der Wohngemeinschaft, sich einnistete in dem Freundeskreis, in dem natürlich alle »für« das Kind waren, wie sie ihm am Telefon gesagt hatte. So bekam er das Gefühl, Feindeslager zu betreten, als sie ihm die Tür aufhielt. Skeptisch blickte er über ihre Schultern in das Wohnungsinnere, aus dem ihm das Rumpeln einer Waschmaschine entgegentönte. Iris zog ihn am Handgelenk hinein.

Am Ende des langen Korridors, im lichten Viereck, das durch ein Fenster auf den Kokosläufer fiel, stand neben allerlei Kinderspielzeug eine Schale Weintrauben, die voller Nadeln steckten. In einem der offenen Zimmer sah er ein Gitterbett, in dem eine Katze schlief. Niemand sonst war zu Hause, und weil auch Iris sich noch zögernd durch die Räume bewegte, eine Tür verwechselte, eine Teekanne nicht gleich fand, verwandelte sich ihm der gefährliche Ort in einen neutralen. Sie setzten sich an den Küchentisch, auf dessen brauner, spiegelnder Fläche ihre seitenverkehrten Abbilder erschienen und sich, wie zwei aneinandergelegte Spielkarten, an den Scheiteln nahezu berührten. – Dieses Blühen im Bauch, sagte Iris, ich kann gar nichts essen.

Sie lächelte nicht, doch ein liebevoller Groll war in ihrem Gesicht, und Assen wollte sie zunächst nur betrachten, nicht reden – sie schien ihm ja vor Schönheit schon in jedem Recht. Alles nach außen gerichtete nervöse Flackern in ihr war zur Ruhe gekommen, sie strahlte auf eine gelassene Weise, wie nach

innen, wie erfüllt vom Widerschein aller seligen Momente, die noch vor ihr lagen. Das Künftige schien nicht mehr zweifelhaft, kaum noch verdunkelt von Bedenken, es war körperlich geworden, ein Grund zur Freude, und wie sie ihm gegenübersaß mit geöffneten, auf den Tisch gelegten Händen, drückte sie milde, doch unbeirrbare Zuversicht aus, Kraft und glückliche Erschöpfung. Ihre Fingernägel waren unlackiert, überhaupt: sie hatte sich nicht geschminkt und trug das Haar zusammengebunden, als hätte sie nun keine Bewunderung mehr nötig. Und selbst wenn dieser Hauch einer Gloriole, den er ihr ansah, nichts als der träumerische Reflex seiner Zuneigung sein mochte – er bestaunte ihn als etwas, das sie ihm bisher, wie einen letzten Trumpf, verheimlicht hatte.
An ihrem linken Ohr trug sie einen Ring, der ihm bereits in Italien aufgefallen war, einen alten, glanzlosen Granatschmuck, den er eines Morgens, als sie noch schlief, auf einem weiß gebundenen Buch gesehen hatte und von dem ein geheimnisvoll wirkendes, feiner als haarfeines Sprühen ausgegangen war in dem milchigen Morgenlicht, woraufhin wenig später, wie gerufen, die ersten Sonnenstrahlen aufblitzten hinter dem Gipfel des waldigen Monte Albano.
Iris streifte alle Ringe ab und begann, sich die Hände einzucremen. Nun fand er es schon wieder aufdringlich, wie sie sich flegelte in ihrem Zustand und breitbeinig dasaß, als wäre sie hochschwanger schon in den ersten Wochen; wie sie mit dem ganzen Körper bekundete, daß Verhandeln eigentlich zwecklos sei, und ihm diese mütterliche Majestät vorführte, in deren Schatten er sich wohl wie ein Schlachter fühlen

sollte mit seinen Abtreibungsgedanken. Ganz gleich, was nun besprochen würde: wie sie ihre Fingernägel betrachtete oder den Blick zur Decke drehte, teilte sie ihm mit, hier nicht zuständig zu sein; sie würde ihn anhören, ohne mit sich reden zu lassen, Verständnis haben ohne Interesse. – In einem Anflug von Wut verengte er die Augen: derart übertrieben, daß sie ihn imitierte. Schnell tat er so, als wäre ihm eine Wimper unters Lid geraten.

Er hatte sie, entgegen ihrer Abmachung, bereits einige Male angerufen, meistens betrunken, und nach ein paar plumpen, nur vorgeschobenen Fragen nach ihrem Befinden weinerlich-weinschwer gefleht, sie solle kein Baby von ihm zur Welt bringen, sich raushalten aus seiner Biographie, ihn nicht zum Esel machen vor ihrem Kinderkarren, und so weiter. Beleidigt von ihrer abwesenden Aufmerksamkeit (sie hatte alle Hände voll zu tun in dem neuen Zimmer) und ihrem beruhigenden Ton, war er jedesmal in Beschimpfungen verfallen, die er noch in die Muschel gebellt hatte, wenn am anderen Ende längst schon niemand mehr zuhörte.

Auch jetzt sprach sie niederdrückend sanft. – Blick mich doch bitte nicht so an, sagte sie. Du lugst über deine Brille wie über einen Kistenrand. Verkriech dich doch nicht so in dir. – Sie habe das Gefühl, daß er sie überhaupt nicht verstehen wolle, daß er auf der Lauer liege hinter seinen Augen und nur darauf warte, sie auszupokern mit seinen Argumenten (sie betonte *Argumente*, als wären sie sein Spleen). – Sie sei nun dreißig Jahre alt, habe eine Menge erlebt, und alles, worauf sie in Zukunft verzichten müsse dem

Baby zuliebe, bedeute keinen Verzicht mehr. Warum eigentlich wolle er sie um eine Erfahrung bringen, für die sie doch auch, wenn nicht sogar wesentlich, auf der Welt sei, und deren Ausbleiben sie auf Dauer nur veröden könne, krank machen, bis sie schließlich schwanger gehe mit einer Geschwulst. – Mit einer Geschwulst, fragte Assen. – Brust- oder Gebärmutterkrebs, sagte Iris mit einer Geschwindigkeit, die ihm wie ein Messerzücken vorkam: typische Krankheiten kinderloser Frauen. Sexualität sei schließlich kein Selbstzweck, kein Ornament am Ende eines Arbeitstags, und wenn er keine Kinder wolle, warum habe er sich dann nicht sterilisieren lassen? Auch seine sogenannten objektiven Gründe gegen Nachwuchs, der trostlose Zustand der Welt, seien im Kern doch hohl. Katastrophen habe es immer gegeben, Beben, Kriege, Pest, und immer habe man Kinder gebärt. Das sei gewiß nicht logisch, biologisch schon – es gebe nämlich eine Klugheit des Körpers, die sie überzeugender finde als seine Bedenken, die im Grunde gedankenlos seien. Tatsächlich – und die Zigarette, die sie nach einem Zug in den Ascher drückte, brach –, tatsächlich gehe es ihm ja gar nicht um das Wohl oder Wehe des Kindes auf diesem verdreckten Stern. Müll oder Kriege ringsum seien ihm doch nur lieb, solange er in Frieden gelassen werde, in seinem grausigen Bücherfrieden, das ewige Ende der Welt sei ihm ein bequemer Vorwand, keine Anfänge mehr zu machen, er lebe ja gut und gern in der Misere, solange sich ein Vers herausschlagen lasse aus dem Dreck und sonst alles beim Alten bleibe. Einem Glück, in dem auch andere vorkommen, ei-

nem Familienglück gar – sei er dem denn überhaupt noch gewachsen in seiner Eigenliebe?
Assen steckte sich den Stummel ihrer Zigarette an. Seine Empörung darüber, daß sie sich herausnahm, sich ungefragt ein Bild von ihm zu machen und ihm vorzuhalten, war ihm gleichzeitig der Beweis dafür, daß es, zumindest in Teilen, stimmte. Derart angegangen, wußte er im Moment nichts zu sagen, das belangvoller gewesen wäre, als ein indigniertes Zurechtrücken der Krawatte. Und je mehr er sich im Unrecht sah allein durch sein Schweigen, desto stärker verzerrte die Zerknirschung darüber Iris' Stimme, die schließlich wie hinter Trennscheiben klang. Er fühlte alle Haarwurzeln im Nacken, als ihm klar wurde, daß hier bereits der Lebenswille eines Wesens sprach, das noch in einer anderen Welt war.
Tatsächlich, sagte Iris, habe er nur Angst vor der Verantwortung, also vor dem Versagen. Er spreche von seiner Freiheit und meine Unverbindlichkeit. Aber könne man sich auf Dauer Leben herausnehmen, ohne Leben zu geben? Und glaube er denn, sie, Iris, fürchte sich nicht vor der Zukunft, vor den jahrzehntelangen Verpflichtungen, den Belastungen der Mutterschaft? Das alles komme auf sie zu wie ein großer dunkler Raum – und doch könne sie nicht ausweichen. (Um das zu verstehen, hätten sie wahrscheinlich beide ein Ohr zuwenig.) Ja, sie habe Angst vor dem Schritt – sei es aber nicht gerade darum der richtige? Eine bessere Welt entstehe nur durch bessere Menschen, und einem Kind diese Zeit *nicht* zuzumuten, finde sie brutaler als diese Zeit.
Sie verschränkte die Hände unter der Brust und

wartete offenbar auf seine Entgegnung – was den Trotz, die sausende Leere in ihm nur vermehrte. Die Teetasse war so dünn, daß es ihn reizte, sie zu zerbeißen. Der Staub an der Fensterscheibe glänzte silbrig auf in der Sonne. Ein Ruck fuhr durch das Geschirr, das sich im Spülbecken türmte. Der Ausweg ist vielleicht so hell, dachte Assen, daß ich ihn übersehe. Die Scham darüber, vor ihr in der Klemme zu stecken, beklemmte ihn derart, daß er zu schwitzen begann. Er fühlte eine leise Lähmung im Gesicht, als würde die Dummheit schon körperlich, und atmete nur obenhin, wie in einer Ohnmacht. Jeder Sprechversuch würde jetzt mit einem Krächzen beginnen und ihn endgültig lächerlich machen.
Iris verfolgte seinen Blick wie eine Linie in der Luft, offenbar erstaunt darüber, daß er in dieser Situation nur aus dem Fenster sah. – Wir können auch ein wenig hinausgehen, sagte sie.

Wahrscheinlich sah sie in seinem Schweigen einen Anflug von Zustimmung: auf der Straße hakte sie sich bei ihm ein und legte die Wange an seine Schulter, als käme nun das Pläneschmieden. Assen aber war im Augenblick weder für noch gegen das Kind, er war entschieden gegen sich, wie er neben ihr ging, steif vor Sprachlosigkeit, und bei jedem Schritt an ihren weichen Körper eckte, den er ärgerlich aufregend fand. Sie gingen an einer rußigen Mauer entlang, auf der die Flaschenscherben blitzten, und bogen dann auf einen Friedhof, ausgerechnet auf einen Friedhof, sagte er. Sie war verdutzt. Sie habe an nichts Böses gedacht; nur sei das hier der einzige Fleck, auf dem ein

paar Bäume wüchsen. Die Laubschatten einer langen Kastanienallee flackerten über ihre hellen Kleider; Iris trug rote, durchscheinende Plastikschuhe, deren Sohlenprofil – er bemerkte es befremdet – Abdrücke kleiner Herzen auf dem gerade geharkten Sandweg hinterließ. Der Friedhof war weit und hügelig angelegt, so daß sie einmal hinabblickten in ein Tal voller Gräber, wo zwischen Hecken goldene Inschriften glänzten. Dann wieder befanden sie sich unterhalb der Kreuze, die schräg in den Himmel ragten, und gingen an fast senkrechten Lehmwänden entlang, an denen, als über ihnen ein Flugzeug die Schallmauer durchbrach, kleine Brisen Sand herunterrieselten. Auf einem Grab steckte ein kleines Schild: Ruhezeit beendet, Ihre Friedhofsverwaltung. Am Wegrand stand eine morsche Bank, durch deren Sitzfläche, einem Lattenrost, hüfthohe Brennesselbüsche wuchsen. Eine einzelne Sandale im Gras, zertretene Bierdosen, vom Wetter ausgebleichte Zigarettenschachteln – hier liegen die Verworfenen, sagte Iris. Vor einem randvollen Wasserbecken blieb sie stehen und beobachtete mit amüsiertem Ekel die Insekten darin, ihr Wimmeln. Als sie zur Seite trat, schossen die Sonnenstrahlen wie gläserne Klingen ins Wasser.
Sie zeigte auf einen Grabstein, an dem Assen ein aufgesprühtes Hakenkreuz bemerkte: Sandra Hofer. Wäre Sandra nicht ein schöner Name? – Für wen, fragte er. Da lächelte sie ins Leere. Nun konnte er sie wieder kaltblütig ins Auge fassen, hatte auch Lust, ihr einen Stoß zu geben, weil offenbar nichts in ihrem Kopf war als die Brut, auch hier nicht, über den Toten. Gleichzeitig rührte sie ihn, so ertappt bei

einem derart plumpen Manöver, und um sie nicht weiter zu beschämen, sah er weg von ihr; wobei er den Namen Roderich las auf einem alten Grabstein voller Einschußspuren. Roderich, fragte er, lediglich erstaunt darüber, daß es so einen Namen überhaupt gab. – Aber nein, sagte sie gleich, Roderich nicht, das klingt ja wie ein Raubritter. Und hakte sich wieder bei ihm ein und spähte nach anderen Namen.

Wie oft in letzter Zeit hatte er geträumt, erschossen zu werden. Iris trug ihren Bauch wie eine Pauke zum Exekutionsplatz und verkündete trommelnd ihr Glück. Die Schüsse waren eine Wohltat, drei kurze, klare Schnäpse, und einmal steckte er die Finger in die Kugellöcher, weil er sich schämte wegen des herausssprudelnden Bluts. Immer erhob er sich wie neugeboren und legte ihr die Hand auf den nun wieder flachen Bauch. In seiner Stimme klang das Knacken und Rauschen einer Fernleitung mit, wenn er sagte: Ich dachte schon wir wachen nie mehr auf.

Ohne daß sie weiter über das Kind gesprochen hätten, brachte Iris ihn zur Bushaltestelle und wartete dort mit ihm. An eine Plakatwand gelehnt, hielt sie ihr Gesicht in die Sonne, summend. Trotz ihrer Schönheit kam sie ihm jetzt abstoßend vor in dem wohlgemuten Stirb und Werde, das sie zu verkörpern schien. Er starrte in ein abgesperrtes Loch im Trottoir, aus dem Abwassergestank emporstieg und Radiomusik, eine Klaviersonate. Er stellte sich vor, daß das Wasser die Friedhöfe der Stadt unterspülte, Skelette aus dem Erdreich schälte und mit sich zog,

Millionen von Toten, aneinanderkollernde Schädel- und Beckenknochen, halbverweste Kadaver, denen Mäuse aus den Nasenlöchern äugten, eine unablässig im Kreis treibende Prozession unter den Grundmauern der Stadt, nur manchmal ins Stocken gebracht, wenn eine der Leichen quertrieb vor einem jäh aus den Seitenrohren hervordonnernden, braungelb schäumenden Abwasserschwall. Dann schoben sich die Knochen klappernd und knirschend ineinander, türmten sich auf zur Gewölbedecke, bis ein nächster, aus einer anderen Richtung herbeischießender, die Ratten durch die Luft schleudernder Schwall die Verzahnungen wieder sprengte und der Fluß aus Leichen und Scheiße, über dem die gewaltige Stadt auf der Stelle schlingerte, nahezu lautlos weiterkreiste: nur ein leises Gluckern und das Klicken aneinandertreibender Knochen war zu hören – doch auch das nur in den ganz frühen Morgenstunden, wenn man das Ohr an die Badezimmerrohre legte.

Iris packte ihn bei den Schultern und ruckte daran, bis er den Kopf hob und ihr ruhig in die Augen sah. Sie nahm seine rechte Hand und legte sie auf ihre Brust, dann auf ihren Bauch. – Hier, sagte sie – und hier: wozu, glaubst du, ist das alles gut? Wie? Ich habe die Fähigkeit, die Kraft und den Wunsch, Kinder zu gebären. Wäre es nicht nur natürlich, es auch zu tun?

Er fand ihren Blick nun böse, sah sich auch gar nicht gespiegelt in ihren Pupillen. Auf ihrer Oberlippe bemerkte er einen Anflug der Falten, die sie als alte Frau haben würde. – Hier, sagte er und hob eine Faust, dann die andere. Sie wich nicht zurück. – Ich

habe die Fähigkeit, die Kraft und manchmal auch den Wunsch, jemanden totzuschlagen. Es wäre also nur natürlich, es auch zu tun?
Schon im Bus, sah er hinter ihr, die düster aufblickte zu ihm, zwei Arbeitshandschuhe aus dem Kanalloch fliegen, hoch in die Luft.

*

Er könne und dürfe ihm keine Auskunft geben, sagte der Mann am Telefon, dessen Stimme verriet, daß er nicht mit sich reden ließ. Man habe wöchentliche Beratungstermine eingerichtet – ob er ihn vormerken solle? Es sei allerdings ein kleiner Unkostenbeitrag zu entrichten. – Was heißt Beratungstermine, fragte Assen. – Daß Sie beraten werden an dem und dem Termin. – Aber ich brauche keinen Rat, lediglich ein paar grundsätzliche Informationen, vielleicht Broschüren, Adressen ... – Die wir jedoch nicht aushändigen dürfen ohne vorherige Beratung, wozu wären wir sonst da. Außerdem werden Sie von den meisten Adressaten gar nicht vorgelassen, wenn wir Sie nicht vorher gründlich beraten haben. Schauen Sie einfach mal bei uns vorbei; es tut nicht weh und dauert nicht lange. – Gut, sagte Assen, ich bringe auch meinen Personalausweis mit.
Das Gesundheitsamt war bereits geschlossen, eine Putzfrau öffnete ihm. Vor einer Glastür mit der Aufschrift »Beratungsraum« warteten einige Personen, die seinen Gruß brummend oder auch nur kopfnickend erwiderten. Es erstaunte ihn, hier eine Frau zu sehen. Sie schien die helfende Begleiterin des

Mannes zu sein, der neben ihr mit hünenhaftem Oberkörper und dürren Beinen in einem Rollstuhl saß, schlafend. Sie selbst hatte nur noch einen Arm, der muskulös war wie der eines Bodybuilders. Der Stumpf des anderen ragte unverhüllt aus ihrem kurzen T-Shirt-Ärmel. Außerdem warteten da ein junger, beinahe noch jugendlicher Mann mit langen, im Nacken zusammengebundenen Haaren und ein vielleicht Vierzigjähriger, der einen Schnauzbart trug, Cowboy-Stiefel, Lederhosen und einen schwarzen, tief ausgeschnittenen Pullover. Ein winziges goldenes, an einer feinen Kette hängendes Messer blitzte in seinem Brusthaar.

Pünktlich um sieben Uhr wurde die Tür von einem jungen Beamten geöffnet, der Sandalen an den nackten Füßen trug. Er blickte aus dem Fenster in den Himmel, während er mechanisch die Grüße der Eintretenden erwiderte. Die bemühte Wohnlichkeit des Beratungsraums wirkte sofort bedrohlich auf Assen. Man setzte sich in karg gepolsterte Stahlrohrsessel, die um einen großen runden Tisch standen. An jedem Platz lag eine Karteikarte, daneben ein Bleistift, und alle außer ihm griffen sofort und unaufgefordert danach und trugen ihre Personalien ein. Benutzen Sie bitte nur den Bleistift, rief der Mann aus dem Nebenraum, offenbar einer Küche, aus der er später ein Tablett voll Saft- und Wasserflaschen herbeitrug. Die Karten werden nämlich maschinengelesen, fügte er grinsend hinzu, blickte in die Runde der Schreibenden und schloß seine Augen einen Lidschlag lang in dem Moment, in dem sie Assen streiften. – Ich bin also der staatlich geprüfte Psychologe hier, sagte er, zwinkerte, als wäre das gar nicht so schlimm, und ließ sich in einen Sessel fallen. Er schlug das Du als allgemeine Anrede vor und daß jeder sich vorstellen sowie kurz das Motiv seines Vorhabens darlegen solle, damit man sich anschließend »austauschen« könne.

Nach einem kurzen Schweigen sagte der Schnauzbärtige mit einer Stimme, die so laut war wie sie fest klingen wollte, daß er Programmierer von Beruf und seit zehn Jahren verheiratet sei (man könne sagen glücklich), zwei Kinder habe (ganz süße Grasaffen das), und wie seine Frau keine weiteren wolle, jetzt, mit dreiundvierzig. Das sei aber gar nicht so einfach. Da er die herkömmlichen Verhütungsmittel oder -methoden für zu schädlich oder unzuverlässig halte, habe er sich zu einer Sterilisation entschlossen und sei gekommen, um sich diesbezüglich beraten zu lassen. – Der Psychologe nickte sachlich knapp, es sah wie eine Bewilligung aus. – Der Mann im Rollstuhl, an dem nun die Reihe war, tippte seine Frau an, die sich verlegen den Armstumpf kratzte, ehe sie zu reden begann. Sie hätten vier Kinder zusammen, das fünfte, im vorigen Jahr, sei eine Fehlgeburt gewesen, und nun bestehe die Gefahr eines Schwangerschaftstraumas, so daß ihr der Arzt leider abgeraten habe, noch weitere Kinder zu bekommen. Da sie den üblichen Verhütungsmitteln mißtrauten und eine Operation bei einer Frau viel komplizierter sei, hätten sie sich entschlossen, ihn – sie zeigte auf ihren Gatten – sterilisieren zu lassen. (Er war, wie Assen bemerkte, schon wieder eingeschlafen.) – Der junge Mann, der unablässig eine Strähne seiner Haare um den Zeigefinger wickelte und einen Fuß auf der Schuhspitze wippen ließ, machte gerade eine Ausbildung als Krankenpfleger. Er sei achtzehn Jahre alt, habe mehrere Freundinnen und wolle sich sterilisieren lassen, damit sie endlich einmal streßfrei ficken könnten. Ihre Brille zurechtrückend, hielt sich die Frau die Hand vor die Augen, der Schnauzbärtige grinste. – Ob er denn Kinder habe, fragte der Psychologe. – Nein, sei das eine Teilnahmebedingung hier? Er wolle auch keine, sei doch nicht blöd, im sauren Regen, es gebe doch wohl Mutanten genug. – Und die üblichen Verhütungsmittel, habe er die schon ausprobiert mit seinen Freundinnen? – Na klar, alles. Sei doch viel zu schädlich und umständlich und unerotisch der ganze Kram. – Auch ein Diaphragma? – Verdutztes Schweigen. Und schmunzelnd, als hätte er es ja geahnt, blickte der Psychologe in die Runde. – Wisse er denn, was das sei, ein Diaphragma? – Ja, er glaube schon, könne sich aber nicht mehr so genau ... Naja, auf jeden Fall wolle er sich sterilisieren lassen, zack, dann brauche er das ganze Zeug nicht mehr. – Nun griff der Psychologe hinter sich in ein Regal, in dem Muster verschiedener Verhütungsmittel aufgereiht waren, und erklärte dem schamrot gewordenen Jungen ein Diaphragma.

Empört über die herablassende Ernsthaftigkeit des Beamten und die belustigten Blicke der Umsitzenden, die dem Krankenpfleger die Kompetenz für seine Überzeugung ganz offensichtlich absprachen, nur weil er jung und nervös war, wütend aber auch darüber, daß ihm wegen einiger Informationen gleich der ganze Staat auf den Hals gehetzt wurde mit

Karteikarten, Gebührenpflicht und Amtsarzt, sagte Assen lediglich seinen Namen und daß er über die Gründe einer eventuellen Sterilisation nicht sprechen wolle. Der Psychologe, ohne ihn anzusehen, nickte und kam dann schnell zur Sache.

Anhand eines anatomischen Modells erklärte er, wie so eine den Mann sterilisierende Operation vor sich gehe, ihre Bedingungen und Folgen, ihre Dauer, Art der Vor- und Nachuntersuchung, Risiken. Er betonte, daß es ein mehr oder weniger endgültiger Eingriff sei, daß das Stück des Samenleiters, das herausgetrennt werde, zwar später durch eine Prothese ersetzt werden könne, daß der so wieder hergestellte Samenfluß aber nicht unbedingt wieder Zeugungsfähigkeit bedeute. Diese bleibe, statistisch gesehen, eher ein Glücksfall. Er blickte nahezu drohend in die Runde, und Assen fragte sich, ob er nicht den geheimen Auftrag habe, den Staatsauftrag, über die Fruchtbarkeit der Bürger zu wachen, über die ständige Präsenz von Ungeborenem. – Auf die Frage der Frau hin, ob die Operation die Potenz beeinflusse (negativ, fügte sie hinzu, auflachend und sich sofort den Mund zuhaltend), schüttelte der Psychologe den Kopf. Eine Sterilisation wirke sich nicht im geringsten auf die Liebesfähigkeit aus. Auch seien landläufige Gerüchte, sie bewirke eine Hormonveränderung und damit so etwas wie eine weibische Stimme oder einen Brustansatz, Unsinn. Selbst der sogenannte Erguß finde nach wie vor statt, denn das, was man gemeinhin Samen nenne, enthalte tatsächlich ja nur zu einem ganz geringen Teil Samenzellen. Es komme da unten also nicht plötzlich heiße Luft heraus.

Aber, sagte Assen, wenn – von der Zeugungsfähigkeit abgesehen – zunächst auch keine körperlichen oder seelischen Veränderungen nachzuweisen sind: kann es nicht sein, daß mich dieser winzige Schnitt verändert in einer Weise, die ich als Veränderung gar nicht bemerke? Daß meine derart aus dem biologischen Zusammenhang gekoppelte Persönlichkeit eine Wandlung durchmacht, die ihr gar nicht entspricht; daß ich zwar noch meinen Namen trage, meine Anzüge, dieselbe Augenfarbe habe, aber in Wahrheit ein ganz anderer bin? Verstehen Sie mich richtig: durchaus *derselbe*, sich mehr oder weniger Entwickelnde für meine Freunde und mich – und doch im Herzen meines Herzens leer, eine Fehlfarbe, ein Verstoßener, der nach wie vor mitspielt? Trenne ich mich nicht ab von aller Wirklichkeit mit diesem Schnitt, mache ich mich damit nicht, indem ich mich um alles Wirkende, Weiterwirkende bringe, zum Phantom? Unser Geschlechtstrieb ist ja auch ein Sog: der Zukunft. Der Sterilisierte spürt ihn nach wie vor, kann ihm aber nicht genügen, er zahlt mit ungedeckten Schecks. Und die Strafe bleibt aus? – Denken Sie doch: wenn Sie einsam sind, wenn Sie eine längere Zeit absolut niemanden haben, dem Sie sich mitteilen können, verändert das nach und nach Ihre Wahrnehmungen: Sie verlieren den Blick für das Mitteilsame daran und werden, obwohl Sie sich für unverändert und mit derselben Empfindsamkeit begabt halten, stumpfer. Der Sterilisierte ist so ein Vereinzelter: er kann sich nicht mehr mitteilen, sein Liebesleben, biologisch gesehen, ist bloß noch das Raster der Mitteilung. Abgetrennt von allem Ungeborenen, bleiben seine

Vereinigungen fruchtlos, er hat, pathetisch gesagt, nicht mehr teil an der Zukunft seines Geschlechts, er ist nur noch gegenwärtig, leerlaufend gegenwärtig. Und weiß ich, ob diese äußere »körperliche« Dimensionslosigkeit nicht auch eine innere, seelische bewirkt mit den Jahren, mich depressiver, phantasieloser, sprachloser, stumpfer macht, zum Dunkelmann im selben Licht, in dem die Liebespaare lachen?

Der Mann im Rollstuhl schlief. Der Krankenpfleger hatte sich einen kleinen Stapel Zigaretten gedreht. Der Psychologe hob die Schultern und kehrte seine leeren Handflächen hervor. – Ich verstehe nicht, sagte er, worauf möchtest du hinaus? Willst du dich sterilisieren lassen oder nicht? Assen fühlte, wie er rot wurde vor Ärger: er wußte es selbst nicht mehr. Er holte Luft zu einem weiteren Satz – sackte dann aber zurück in den Sessel und winkte nur ab.

Also, so kompliziert ist das doch gar nicht, sagte der Schnauzbärtige. Die Sexualität bleibt auch nach der Sterilisation ein lustvoller mechanischer Akt, basta. Und wenn die Operation mich irgendwie verändert, ohne daß ich es merke, verändert sie mich also nicht. Der Rest ist Haarspalterei auf der Glatze. Wenn es mir schlecht geht, nehme ich eine Tablette, und es geht mir wieder gut. Und wenn ich mich gut fühle, ist es mir doch schnurzpiepe, ob es mir schlecht geht!

Grinsend sah der Psychologe auf die Uhr und teilte einige Broschüren aus sowie Listen der Ärzte, die Sterilisationen vornahmen. – Darf ich noch eine Bemerkung machen, sagte die Frau und zeigte mit ihrem

Stumpf auf Assen. Ihre Brille war fast bis auf die Nasenspitze gerutscht, was ihr Gesicht auf den ersten Blick in zwei, ein wenig versetzt wirkende, Hälften teilte. – Wenn sie ihn richtig verstanden habe, wolle er ein ganz normaler Mensch sein und sich doch vor dem Normalsten drücken: Nachwuchs. Sie sei, wie gesagt, glückliche Mutter von vier Kindern und habe es sicher nicht immer ganz leicht mit ihnen, zumal sie und ihr Mann versehrt seien. Trotzdem – hier wendete sie sich auch an den Krankenpfleger – es bleibe ein Glück wie es kein zweites auf der Erde geben könne: Kinder zu bekommen, sie liebevoll aufzuziehen und von ihnen wiedergeliebt zu werden. Wer das noch nicht erfahren habe, wisse gar nicht, was er sich antue mit einer Sterilisation. Der wisse nicht, was Leben bedeute. Der sei einfach unreif. Dem sollte ein derartiger Eingriff eigentlich ... Was, fragte Assen. Sie senkte den Kopf. Naja, sagte sie, das muß man wohl jedem selbst überlassen.

In der U-Bahn (er hatte die Runde grußlos verlassen) blätterte er die Broschüren durch und fand nahezu wortgenau die Darstellungen des Psychologen wieder. Er, Assen, sollte also nur persönlich erscheinen im Gesundheitsamt, um persönlich registriert zu werden. Er verfluchte den Beamten und zerriß die Unterlagen.

Sich vorzustellen, wie die Versehrten miteinander schliefen, lehnte er ab. In der Familie der beiden, dachte er, gab es keinen Raum für Hinter- oder Nebengedanken. Es herrschte vielmehr ein fürsorgliches, genau berechnetes Durcheinander, ein ausgeglichenes Klima der Verantwortlichkeit, in dem keinem gestattet war, sich geringer zu finden, als den anderen guttat. Die Behinderung der einen vitalisierte die anderen, im großen Ganzen der Familie war jeder ganz, so versehrt er auch sein mochte. Sie formte und entwickelte sich gemäß seiner Behinderung und machte sie dadurch ungeschehen bis auf einen kleinen melancholischen Rest. Der sich freilich ins Mörderische auswuchs, sobald sie das Haus, die Familie verließen. Doch die Angst davor war nur ein weiterer Grund für immer mehr Zusammenhalt und Innigkeit. Während der älteste Sohn den Rollstuhl wartete, eine Schraube nachzog, ein Scharnier ölte, schnitt der jüngere dem Vater die Fußnägel, und die kleine Tochter half der einarmigen Mutter, einen Kuchen vorzubereiten. Gemeinsam die Holzrolle haltend, walzten sie den mehlbestäubten Teig aus.

*

Was würde ihn das Kind denn kosten? Er könnte weiterhin allein leben, seine Bücher lesen und Gedichte schreiben. Sie würden ihr eine Wohnung in der Nähe suchen und sich kaum öfter sehen als bisher. So hätte das Kind einen Vater, ohne daß er wesentlich eingeschränkt wäre. Auch finanziell gäbe es doch eigentlich keine Probleme. Er könnte weiterhin Taxi fahren, vielleicht einen Tag mehr in der Woche, und sie, sie wäre schließlich Studentin und bekäme Geld vom Sozialamt. – Sozialamt? Natürlich, sagte Iris, nichts leichter als das. »Vater unbekannt«, das bringt dir drei Jahre Sozialhilfe ein.

Er war gerührt von so einer lumpigen Lebenstüchtigkeit. Arm in Arm mit dem Staat wollte sie ihm also ein Kind unterjubeln. Als er das Wort Stillgeld hörte, dachte er gleich an Schweigegeld. Plötzlich, nach all den Pflastersteinen, die man in seinen Rachen geschleudert hatte, gab der Moloch Muttermilch. Wie subversiv. – Aber so wollte er seinen Nachwuchs nicht in die Menge mogeln. Wenn er der Vater war, wollte er der Vater sein, dieser Mayonnaise-Staat sollte seinem Kind kein Vater sein: er sagte ihr das. Da sah sie auf von ihrer Illustrierten und schmunzelte ihn an wie eine Mutter ihren Buben, der als Muskelmann posiert.

Er fühlte sich bereits in der Minderheit. Seine Gründe gegen das Kind waren keine Gründe, wie ihre dafür keine waren: verbale Ausscheidungen, Giftspritzer organisch gewordener Überzeugungen. Weil sie wußten, daß Iris das Kind ohne Frage austragen, er es ohne Frage abtreiben würde, wollten sie einander auch gar nicht verstehen. Sie hätte ihn gern an die Wand gedrückt mit ihrem Bauch, ihn zärtlich lächelnd wehrlos gemacht, er hätte sie gern aus seiner Welt geschafft. Tatsächlich warf er einmal ein Buch über ökologische Katastrophen nah an ihrem Kopf vorbei. Sie griff ihm in die Haare und schmiegte sich an ihn, er fühlte ihren erstaunlich gewordenen Körper und konnte nur noch heiser flüstern.

Er stellte sich einen Mord vor, der das Opfer am Leben und ihm alle Freiheit ließ. Das Weggehen und Vergessen war vielleicht so ein Mord, doch nicht

perfekt genug. Das Opfer zuckte immer wieder auf in den Träumen des Täters und brachte ihn um mit den Jahren. In einer Kindheitserinnerung fischte er Schleien aus einem Baggersee und versuchte, ihnen mit einer Rasierklinge die Köpfe abzuschneiden. Doch während des Schneidens verließen ihn immer wieder Mut und Kraft, denn daß diese schnappenden Wesen nicht schrien, war ein Vorwurf, wie er ihn noch nie erhalten hatte. Ursprünglich wollte er sie braten, wie es in unzähligen Indianer-Romanen zu lesen stand: die Leiber der Länge nach auf Zweige ziehen und über die Holzglut halten. Nun aber dachte er nur noch daran, ihre und seine Qual zu beenden, und warf sie samt ihrer halbabgeschnittenen Köpfe in ein Reisigfeuer. Er wollte sie restlos verbrennen, um wieder restlos sündenfrei zu sein. Doch ihre zappelnden Körper schlugen die Flammen aus. Er kratzte Erde darüber und ging weinend weg.
Am nächsten Morgen ragte eine Schwanzflosse aus dem festgetretenen Sand.

Unentschieden. Jede ihrer Auseinandersetzungen endete mit einem Unentschieden, das er als Niederlage empfand. Ob richtig oder falsch, ihre Ansichten blieben Ansichten, die Wahrheit lag woanders. Ihre Gespräche waren Gerichtstermine, an denen über Leben und Tod eines Abwesenden verhandelt wurde, angeklagt aber fühlte sich Assen. Iris ließ keinen Zweifel daran, im Recht zu sein, sie konnte Kinder kriegen, also konnte sie Kinder kriegen. Und wenn sie ihm unter anderem einmal vorwarf, daß er nur eifersüchtig sei auf das Ungeborene, fand er das sogar plausibel

– aber was half das. Immer absurder kam ihm das Reden vor, zum Lachen auch: ein herbeidiskutiertes, ein wegdiskutiertes Kind. Sie forderte Gründe für seine Ablehnung, also schob er Gründe vor und hörte sich sprechen, als stände er hinter Kulissen. Doch ebensowenig wie sie ihren Kinderwunsch, konnte er seinen Widerwillen wirklich erklären. Er war sich seines Gefühls zwar sicher, nicht aber dessen Formulierung. Und Iris verwechselte seine Zweifel an den eigenen Verlautbarungen, sein zögerndes, sich vortastendes Artikulieren mit einer Unentschiedenheit, die sie immer mehr befeuerte in ihrem Überzeugungseifer, bis er es schließlich müde wurde, anzugehen gegen diese stärker und stärker werdende Frau, in der ja schon, so dachte er, zwei Herzen schlugen.

Paß mal auf, sagte sie, wenn das Baby erst da ist, wenn es diesen Phantom-Charakter verloren hat, wirst du es auch mögen. Und vor allen Dingen wirst du dich schämen, auf die Nachricht von einem Kind reagiert zu haben wie auf eine Krebsnachricht.

Sie trafen sich zum Mittagessen in einem Restaurant, tranken viel Wein und gingen anschließend zu ihm. Sie hockten sich auf den Teppich, jeder in eine Ecke des großen, wegen der Hitze verdunkelten Zimmers; Assen rauchte. Was er von Iris sah, mehr Schatten als Gestalt, ließ ihn an ein Häufchen Elend denken; doch war ein Glitzern in der Augengegend. – Wenn Blicke töten könnten, sagte sie, trank einen Schluck, verkorkte die Flasche und ließ sie wie ein Torpedo auf ihn zuschnellen. – Du räumst mir den Bauch aus mit

deinem Schweigen, weißt du das. Du kriegst mich klein. Was bin ich eigentlich für dich, daß du mich auf die Schlachtbank schickst? Ein Haustier, ein Dreck? – Du bist betrunken, sagte er, doch das geht schon in Ordnung. Meine Mutter soff eine ganze Flasche Cognac, als sie mit mir im siebten Monat war – Verzeihung, Weinbrand. Er nahm einen Schluck, verkorkte die Flasche und stieß sie zurück in Iris' Richtung. – Ach so, sagte sie, jetzt wird mir einiges klar. Nach der Flasche schnappend, verlor sie das Gleichgewicht und klappte einfach um. Ihr Gesicht lag auf dem Teppichboden mit verrutschtem Mund; sie blickte, lange lauernd, zu ihm hin. Eine Hüfte wirkte unnatürlich hoch emporgewölbt. – Weißt du, was du bist? Du bist noch gar nicht auf der Erde, Bücherwurm. Du hast dich eingeschleimt, du lebst unterirdisch hier, in deinem dritten Stock. Sie kicherte. – Und ausgerechnet ich muß mich in deinen Mief verirren.
Betrunken wie er war, wunderte er sich nicht, daß sie im nächsten Augenblick vor ihm stand auf wackeligen Beinen. Er griff ihr an die Taille und stopfte die herausgerutschte Bluse in den Rock zurück. – Flossen weg, sagte sie und krallte ihre Fingernägel in seine Schultern. – Dich muß ich erst noch zur Welt bringen, Hosenscheißer. Ein langer Speicheltropfen lief ihr aus dem Mund, sie schlürfte ihn zurück. – Weißt du überhaupt, was eine Frau ist? Du willst es gar nicht wissen, du hast nämlich einen Pimmel aus Papier. Dir klopft kein Herz, dir klappern Tasten in der Bücherbrust! Wozu hockst du eigentlich in der Weltgeschichte rum, erklär mir das mal. Ein asozialer Zeitverschwender bist du, ein Schwein, das seine

eigenen Kinder frißt. Über Leichen gehst du, um deine Ruhe zu behalten, diese kleingedruckte Grabesruhe hier, über Leichen!
Ihr Kreischen verstopfte ihm die Ohren, und er hob den Kopf, in dem sich alles drehte. In ihr grimassierendes Gesicht blickend, das gerötet war und naß von Rotz und Tränen, sah er hinter wirren Strähnen – Täuschung oder nicht – die kleinen, harten Augen seiner Mutter, ihren bösen Glanz. Darin konnte er sich nicht liebevoll verlieren. Darin war er verloren. Sie verschränkte die Arme vor der Brust und zog die Nase kraus wie ein zähnebleckendes Tier.

In die neue, erst vor wenigen Tagen zementierte, noch leere Kompostgrube ihres kleinen Gartens war, wie auch immer, ein Maulwurf geraten. Aufgeregt herumrennend, suchte er nach einer Möglichkeit, wieder unter die Erde zu kommen: um so panischer, je mehr herbeieilende Kinder die kniehohe Grube verdunkelten mit ihren Schatten. Ein kaum hörbares Zwitschern, Piepen und Zetern ging von ihm aus, und trotz seiner Winzigkeit wirkte die Bewegung der Muskeln unter dem stark glänzenden Fell gewaltig. Manchmal blieb er stehen und hob sein rosa Schnäuzchen den Umstehenden entgegen, die nach seinen unsichtbaren Augen spähten oder in die Hände klatschten vor Entzücken. Dann rannte er weiter mit eigenartig rumpelnden oder auch watschelnden Bewegungen, ein Zirkusbär in Miniatur. Die weit vom Körper abgedrehten Pfoten erinnerten den kleinen Assen in Form und Farbe an die weichen Hände seiner Kasperlpuppen. – Unverträglicher Einzelgän-

ger, sagte ein älterer Junge, als läse er aus einem Lehrbuch vor. Er wußte zu erzählen, daß Maulwürfe nach vier bis fünf Jahren sterben: nicht etwa, weil sie dann alt genug und lebensmüde wären, sondern weil ihre winzigen Zähne durch die immer sandige Nahrung – hauptsächlich Würmer – zu abgenutzt, abgescheuert sind. Sie können nichts mehr essen und müssen also verhungern. Ihre Augen sind nicht größer als die Körner auf den Mohnbrötchen, liegen unter Hautfalten versteckt und werden bei Bedarf hervorgestülpt. Sie sind nicht blind, wie man oft hört, im Gegenteil. Sie können hell und dunkel unterscheiden wie fast jedes Lebewesen, und es gibt sogar eine Linse in ihren Augen, für die kein Wissenschaftler eine Erklärung hat und deren komplizierter Bau sie etwas sehen läßt, das uns unsichtbar ist. – Das Geisterreich, murmelte der faszinierte Assen und hörte, wie der Junge erzählte, daß jedes Tier – ob Schlange, Maus oder gar ein Artgenosse –, das sich in einem Maulwurfsgang verirrt, des Todes ist.
Plötzlich bekam er einen Stoß. Seine Mutter befahl ihm, eine Schaufel zu holen. – Die Kohlenschaufel, rief sie ihm nach. Die war großflächig, schwer und hatte einen bügelartigen Griff am Stielende. Als er damit zurückkam, blickten ihm die anderen Kinder entgegen wie einem Störenfried. Die Mutter drängte sie zur Seite. Ihren Anweisungen gemäß hielt er die Schaufel so, daß das Blatt flach auf dem Grubenboden lag und riß sie, als der Maulwurf darübereilte, hoch. – Lustig sah es aus, wie er senkrecht durch die Luft flog mit von sich gekehrten Vorderpfoten – als hätte er die Daumen bequem hinter Hosenträger

geklemmt. Weich landete er auf einem Stück frisch umgegrabener Gartenerde und war mit einer einzigen, mächtigen Kraulbewegung bereits zu einem Drittel darin verschwunden, als Assens Mutter *Totschlagen!* schrie.
Sie schrie es mehrmals und derart schnell hintereinander, daß der Wortlaut wie zentrifugiert von Ekel und Wut zum Heulen wurde und sich, schneller als das Tier die Erde aufwerfen konnte, zu einem hysterischen Kreischen auswuchs – begleitet vom Klappern ihrer Holzabsätze, mit denen sie auf der Stelle raste. Assen riß den Kopf herum zu ihr, dann zu den Kindern, denen er ansah, daß ihm hier nicht zu helfen war, und er dachte daran, einfach fortzulaufen. Aber in das hochrote, verzerrte Gesicht der Mutter blikkend, in ihre Augen, die eine Strafe waren, erkannte er eine Schrecksekunde lang seine eigenen Züge, schmerzentstellt und tränenüberströmt unter ihren Schlägen – und in trauriger Kopflosigkeit ließ er die erhobene, schwere Schaufel einfach auf den Fleck fallen, auf dem nur noch der kurze, borstige Schwanz des Maulwurfs zu sehen war. Und blieb. Eines der Kinder sog laut die Luft durch die Zahnritzen ein, alle Gesichter drehten sich ihm zu, und er ließ den Stiel aus seinen nassen Händen gleiten. Er hatte das Tier erschlagen. – Gott sei Dank, sagte seine Mutter, es hätte uns den ganzen Garten ruiniert.

In der Nachbarwohnung, die auf gleicher Höhe in dem anderen, noch bewohnten Flügel des Eckhauses lag, knallten die Türen, daß die dünne Trennwand wackelte. Eine jener seehundfetten Berliner Baßstimmen tönte durch die Räume, eine schrille Frauenstimme antwortete, Assen konnte einzelne Wörter verstehen, Schnapsglas, Drecksau, Pustekuchen. Das Keifen und Kreischen der Frau wand sich immer höher, als würde ihr gleich der Kehlkopf in die Mundhöhle springen, das Röhren des Mannes dagegen verkümmerte schnell zu einem beleidigten Brummen und verstummte schließlich ganz. Eine Weile war es still. Plötzlich stieß der Mann ein triumphierendes Grölen aus, und daraufhin prasselte etwas auf den Holzfußboden, das Assen sofort an Eierkohlen denken ließ. – Eins, brüllte der Mann, und zwei, und warf offenbar jedesmal eine Handvoll Eierkohlen durch die Wohnung. Das wieder lautwerdende Kreischen der Frau, die haarsträubenden Beschimpfungen schlugen unvermittelt um in ein dunkles Schluchzen. Und drei. Assen stellte sich vor, wie sie am Ende des langen Korridors kauerte und ihren Mann beäugte durch die gepflegten, vors Gesicht gelegten Hände. – Das ist ja das Schlimme, hörte er ihn brüllen: daß man immer wieder heiß wird! Alles wäre ja in Ordnung, würde man nicht immer wieder heiß! Etwas kratzte an der Wand entlang, Glas ging zu Bruch, und die Kohlen kollerten, wie zur Seite gewischt von dem Mann, der sich nun auf allen Vieren der Frau nähern mochte. Versöhnliches Brummen. Ruhe. Assen malte sich aus, wie seine schmutzige Hand durch ihr Gesicht fuhr, über die geschlossenen Augen, die herabschlappende Unterlippe und liegenblieb auf ihrer Brust. In seiner Vorstellung war sie amputiert, ein zusammensinkender Miederhügel.

Frauen, sagte Lauter, sind Fortbewegungsmittel; sie haben die Richtung im Kopf, wir nur den Sprit. Sie ziehen uns hinter dem Blattrand hervor und kurven uns so lange durch ihre Biographie, bis wir sie für unsere eigene halten, bis uns unser ehemaliges Dasein so fern und fremd erscheint wie ein Rastplatz bei Wolfenbüttel. Sie überrollen unser Ich so oft, bis es nur noch Wir sagt. Und wenn wir ihnen zu verstehen geben, daß wir uns mal wieder ein wenig nach uns selber sehnen, daß ein bißchen Einsamkeit ja nicht gleich beißt, reißen sie das Steuer rum, wir fliegen raus und wachen im Rinnstein auf mit verbeulter Krone. – Ich habe noch keine getroffen, die im Kern ihres Herzens nicht *alles* wollte, auch wenn das, bei Licht besehen, weniger als nichts war: Mann, Küche, Kind und Kegel. Und solange es Frauen gibt, wird keine feministische Schafsmucke daran etwas ändern. Mit ihrem ewigen Familientrieb machen sie aus der wildesten Orgie eine Kleinbürgerhochzeit, aus dem glühendsten Beziehungskrieg einen faulen Frieden. Man will die Verhältnisse ändern – sie ändern sich ein Abendkleid. Man will die Welt in Brand stecken – sie backen einen Kuchen. Man geht ihnen an die Gurgel – sie drehen flehend die Augen in Richtung Kind. Wenn du glaubst, du hast sie im Griff, steckst du schon in ihrer Schlinge; wenn du an ihnen klebst, bist du geleimt. Und daß sie mir immer ein Rätsel bleiben werden, finde ich nicht mal schlimm. Vertrackt finde ich nur, daß sie sich auch selbst ständig ein Rätsel sind. Wie soll man da noch eine Linie reinkriegen. Ich glaube, ihr Leben versteht sich derart von selbst, daß sie es gar nicht bemerken. Sie denken mit ihrem Duft,

dichten mit den Hüften. Da kann einer wie ich nur steif herumstehen in seinem Charakterblech und sie vorüberziehen lassen wie ein Wetter.
Du bist, sagte mir neulich ein älterer Kollege, der nicht mehr schreibt, bloß noch anschreiben läßt: du bist ein Don Juan, wie er im Buch steht. Dein Pech ist nur, daß es die entsprechenden Frauen nicht mehr gibt, daß sich heutzutage jede leichter und schneller aufs Kreuz legen läßt, als du deine Flasche leeren kannst. Da hockst du dann, beschämt in deiner Verführungskunst: eine Kleinkunst unter anderen. Ein Don Juan in unserer Zeit, das ist so rührend wie ein Bauer im Raumschiff. Du bist ein anachronistisches Untier, ein Stier, der wieder und wieder anrennt gegen das rote Tuch aus Polyacryl und gar nicht merkt, daß er nur gegen sich selbst kämpft, nur sich selbst auf die Hörner nimmt. Du glaubst zu verführen und wirst doch nur an der Nase herumgeführt mit einem goldenen Ring. Die Kraftanstrengung, der Energieaufwand eines Don Juan heute besteht nicht mehr darin, eine Frau auf sich aufmerksam zu machen, sie an die Bettkante zu manövrieren und so weiter, sondern darin, sie sich vom Hals zu halten.
Wie recht es hat, das Schwein. Andererseits weiß ich natürlich, daß mein Kriegsfuß humpelt, daß ich's mir zu einfach mache, wenn ich in den Pritschen nichts als mein Gegenteil sehe, daß wir ja wohl irgendeine Einheit darstellen im großen göttlichen Zusammenhang; jeder die andere Seite der Medaille, auch wenn sie ein falscher Fünfziger ist. Aber so ein Gedanke ist mir doch zu kuschelig. Ich brauche sie als Widerpart, diese Zuckerzungen, muß mich daran abarbeiten mit

meinen Bitterstoffen – wie ich meine Macken und Neurosen brauche, das Ringen damit, wenn ich halbwegs gesund und lebendig bleiben will. »Geschlechterspannung« nannte das neulich ein Soziologe, ein guter Gast, und als ich ihn fragte, wovon er rede, von Elektrizität?, trank er nur noch Selters. – Wo käme ich hin, wenn ich zugäbe, daß ich im Grunde nichts als Angst vor diesen Seelenriesinnen habe. Sie würden mich wie einen Gartenzwerg mit der Mütze voran in den Erdboden rammen. Also ziehe ich den Bauch ein und gebe meiner Stimme jene Wolfstiefe, die ihnen eine Gänsehaut bereitet und mir das Federbettchen füllt. Daß ich ihnen nicht geben kann, was sie wollen, merken sie ja doch erst am nächsten Morgen. Was sollen sie auch von einem wie mir noch erwarten? Zärtlichkeit? Ein fauler Zauberlaut. Hingabe? Ein Wort wie ein Absatz im Nacken.

Leise, als hätte sich ein Luftzug gedreht im Schloß, ging die Wohnungstür auf, schlug aber sofort wieder zu. Assen hörte den Vermieter die Treppe hinunterrennen, riß einen Kleiderbügel von der Garderobe und wollte gerade hinterhersetzen, als das Telefon klingelte.

Also gut, sagte Iris ohne einen Gruß: so geht es nicht weiter. Ich bin es jedenfalls leid, immer nur auf Gedanken zu kommen. Das ewige Gerede macht mich langsam krank. Es kann wohl kaum meine Aufgabe sein, dich erwachsen zu machen. Offenbar liebst du mich nicht genug, um mit mir dieses Kind zu haben; wie sonst soll ich mir deinen dauernden Starrsinn, deinen hohlen Trotz erklären. Andererseits

– sie riß ein Streichholz an und inhalierte laut den Zigarettenrauch –, andererseits liebe ich dich vermutlich nicht genug, um deinetwegen darauf zu verzichten. Ich werde es zur Welt bringen, auch ohne dich und deinen Beistand, laß mich ausreden. Du mußt keine Angst haben, es kostet dich nichts, deine Freiheit bleibt unberührt. Du erhältst demnächst ein notariell beglaubigtes Schreiben, in dem ich die volle Verantwortung für unser Baby übernehme und dich von allen Pflichten und jeder wie auch immer gearteten Zuständigkeit auf Lebenszeit entbinden werde. Sollte ich verunglücken oder sterben, wird sich meine Schwester um die weitere Versorgung und Erziehung des Kindes kümmern. Auch das wird notariell festgelegt und dürfte in deinem Sinn sein. Im übrigen: Leb wohl.

»Entbinden«, dachte Assen und hörte in der plötzlichen Stille andere Fernsprechteilnehmer weitentfernt und unverständlich miteinander scherzen.

Das machst du nicht, sagte er leise, fast flüsternd, wiederholte sich aber sofort, schreiend. Er stand am Fenster, boxte die Pappe aus dem Rahmen der zerstörten Scheibe, das Sonnenlicht schoß wie ein Balken in den Raum, in dem der Staub in trägen Schwaden schwebte. Im Hof, auf einem Haufen Bausand, stand der Vermieter und streckte ihm die Zunge heraus, während er sich die hohle Faust vor die Hose hielt und schnell hin und her bewegte. Iris schwieg noch eine Weile, ehe sie auflegte, was behutsam klang, als hätte sie die Gabel mit dem kleinen Finger hinuntergedrückt.

In der Folge rief er mehrmals bei ihr an, ohne sie zu erreichen. Die gesamte Wohngemeinschaft schien sie zu verleugnen – er konnte sich jedenfalls nicht vorstellen, daß sie einfach so weiterlebte wie bisher und tatsächlich immer gerade in Arbeitsgruppen oder Seminaren, in Restaurants oder Kinos saß. Es wäre auch zu kränkend gewesen. Er ging zum Postamt, um ein Telegramm aufzugeben. Als die Beamtin ihn nach dem Wortlaut fragte, blickte er sie lange grübelnd an, ohne sie zu sehen. Dann drehte er sich abrupt um und ging hinaus. – Doch schon nach fünf Minuten lief er wieder an den Schalter. Keinen Wortlaut, sagte er, nur ein Fragezeichen. Die Frau neigte den Kopf und musterte ihn über einen unsichtbaren Brillenrand hinweg. Ein Fragezeichen ist kein Wort, junger Mann, ich kann nur Wörter telegraphieren, silbenweise. Fragezeichen, sagte er, ich will ein Fragezeichen telegraphieren. Sie hob das Kinn. Der nächste bitte. Fragezeichen, sagte Assen, schreiben Sie: Fragezeichen. Punkt.

Als man ihm schließlich sagte, Iris sei nach Italien gereist für die nächsten Monate, schrie er »Lügner« ins Telefon, rannte aus dem Haus und nahm ein Taxi zu ihr. Es öffnete ihm eine Frau, die er nie vorher gesehen hatte, die aber offenbar wußte, wer er war. Sie wies ohne ein Wort, nur mit einer Kopfbewegung auf eine der verschlossenen Türen. Daß der Raum dahinter Iris gehörte, erkannte er zunächst nur an den Fotos, die sie mit den Babys ihrer Schwester zeigten. In dem weit offenen leeren Kleiderschrank hing ein einzelner Bügel, pendelnd, als wäre ihm erst vor

Sekunden der Mantel entnommen worden. Ein Stuhl stand auf dem Schreibtisch. Der Teppich lag zusammengerollt vor der Wand. Die Polstermöbel waren mit Tüchern verhängt. In einer Schublade, als Assen sie aufzog, kollerten zwei grüne Zitronen herum.

*

Nach dem Essen bestellte er sich ein Kännchen Kaffee und zerrupfte die blutroten Papierservietten. Gerade gingen die Straßenlaternen an. Zwei Polizisten trugen eingepackte Speisen in ihr Auto und gaben davonfahrend den Blick frei auf ein gegenüberliegendes, weiß gekacheltes Café. Der Tresen hinter der Schaufensterscheibe war eine Konstruktion aus dicht aneinandergereihten Neonröhren, deren gewaltiger Schein die Kleider der Davorstehenden durchleuchtete und ihre Bewegungen zittriger aussehen ließ, als würde der Projektor noch von Hand bedient. An schwarz lackierten Tischen saßen vereinzelte Gäste und bekamen Wangenschatten, sobald sie an ihren Trinkhalmen sogen. Vor der Tastatur einer Musikbox, die ihre Gesichter blau anstrahlte, drängten sich vier junge amerikanische Soldaten in Zivil, Fliegerjakken der Bundeswehr, und wählten alte, über die Straße hallende Rock'n'Roll-Titel, indem sie, halb tanzend, halb rangelnd, mit den Biergläsern auf die Tasten schlugen. – Einer entdeckte den verborgenen Schalter, drehte die Lautstärke des Automaten auf, und alle wendeten sich herausfordernd den übrigen Gästen zu, die aufblickten oder kurz zusammenzuckten, dann aber nichts mehr zu hören schienen.

Ein in die Höhe geschüttetes Bier flog durch den Qualm, und die vier begannen offensiver zu tanzen mit stampfenden Absätzen und herumruckenden Schultern, als rempelten sie die Luft. Vor ihren ungelenken und auch obszönen Bewegungen wichen viele Gäste zurück ins Innere des Cafés, ohne ihre Gespräche zu unterbrechen. Aber der Eifer, mit dem man sich unterhielt, wirkte nun panisch; redend blickte man einander fest in die Augen wie in rettende Mauslöcher. Love me tender, hörte Assen, während das erste Glas zerklirrte auf dem Kachelboden, ein Soldat rauchende Löcher in den Neon-Tresen trat und ein anderer der Bedienung, einer zarten blonden Frau mit grellrot geschminktem Mund, den Telefonhörer aus den Fingern schlug, ihn kurzerhand vom Kabel riß. Assen goß sich Kaffee in die Tasse mit einem Schwung, der ihn wieder hinausschwappen ließ.
Nun ging einer der Amerikaner zwischen den Tischen herum und hielt den Dasitzenden, die erröteten oder blaß wurden, die geöffnete Hand hin. Jeder beeilte sich, ihm ein paar Münzen zu geben – nur eine Frau deutete an, kein Geld mehr zu haben. Da nahm ihr der Mann das Weinglas weg, trank es in einem Zug leer und warf es hinter sich gegen die Schaufensterscheibe, wo es zerschellte. Johlend zählten die Soldaten die Münzen, und der sie gesammelt hatte, steckte ein paar in die Musikbox. Dann stellte er sich in einigem Abstand vor den Gästen auf, die sich ängstlich um den Flipperautomaten drängten. Die Fäuste an die Hüften gestemmt, reckte er das Kinn vor und schrie etwas, das nicht zu verstehen war, rappelte mit den Absätzen und knurrte, wie man

einen Hund anknurrt, um ihn aufzustacheln. Dann, mit einem Fluch, schleuderte er das restliche Kleingeld gegen die Leute, und Assen sah, wie die Münzen gegen schützend erhobene Arme, gegen Brillengläser und zusammengebissene Zähne prasselten.

Ein junger, langhaariger Mann in bunten Flicken-Jeans betrat das Café. An den Bändern seines Anoraks nestelnd, ging er geradewegs zur Theke und bestellte etwas. Erst als die Barfrau nicht reagierte, sondern, die Arme trotzig verschränkt, weiter vor sich hinstarrte, gewahrte er die Scherben überall, den zertretenen Tresen und die Amerikaner, die die Köpfe schräglegten. Noch einmal wendete er sich der Frau zu, die ihm nun etwas zu verstehen gab, aus den Mundwinkeln heraus, während sie eine Zigarette anzündete. Er zog ein wenig die Schultern hoch und drehte sich langsam um. Als er den ersten Schritt zur Tür hin machte, spuckte ihm einer der Soldaten einen Kaugummi ins Haar, nach dem zögernden zweiten warf ihm ein anderer ein volles Bierglas vor die Füße. – Der Mann erstarrte. Aber nach einem Blick auf die übrigen Gäste, die sich schon wieder unterhielten, als sähen sie nichts, gab er sich einen Ruck, trat auf die Amerikaner zu und begann – das Gesicht gerötet, die Handflächen beteuernd nach außen gekehrt –, auf sie einzureden.

Nachdem sie eine Weile mit drohend gesenkten oder auch hart in den Nacken gelegten Köpfen zugehört hatten, stießen sie einander an und begannen zu lachen. Auch der junge Mann, offensichtlich erleichtert, lächelte jetzt. Ein Soldat schlug ihm jovial auf die Schulter, ein anderer hielt ihm die Hand hin. Als er

danach greifen wollte, zog er sie jedoch blitzschnell zurück und wies mit dem Daumen hinter sich. – Er packte den Mann beim Kragen und zerrte ihn aus dem Lokal. Die anderen verstellten die Tür.
Auf dem Bürgersteig stieß er ihn von sich, als gäbe er ihm einen Vorsprung. Der Mann warf das Haar zurück und strich sich eine Strähne hinters Ohr, seine Augen waren nicht zu sehen, auf den Brillengläsern lag ein matter Reflex. Er hatte volle, fast mädchenhafte Lippen. Der erste Faustschlag riß ihn eine halbe Drehung herum, die Arme schlenkerten wie an einer Puppe. Er griff sich mit beiden Händen an den Mund, und als er entsetzt seine blutverschmierten Finger betrachtete, traf ihn der zweite Schlag, der seine Brille auf die Straße schleuderte, wo sie zerschellte; ein abgebrochener Bügel flog gegen das Schaufenster, hinter dem Assen saß, ein Auto überrollte den Rest des Gestells. Der Geschlagene taumelte zwei Schritte auf den Schläger zu, fiel auf die Knie. Er hielt sich die Hände vors Gesicht. Zwischen den Fingern hindurch, in langen Tropfen, floß sein Blut aufs Trottoir.
Assen packte die Armlehnen seines Stuhls, um sich daran aufzurichten, krallte sich aber nur fest. Auf seiner Oberlippe brach Schweiß aus, sein Herz hämmerte, als liefe es leer. Er wäre jetzt gern starr vor Entsetzen gewesen, fühlte sich aber nur windelweich vor Angst. Verzweifelt wünschte er, daß dort draußen alles viel schneller gehen sollte, schneller als man eingreifen konnte. (Später wunderte er sich darüber, nicht einen Augenblick lang an die Polizei gedacht zu haben.) Er sah sich um; hinter ihm, an einzelnen Tischen, saßen und aßen mehrere Männer. Alle blick-

ten zum Fenster hinaus, niemand schien etwas zu sehen. Auch im Café gegenüber, hinter dem Rücken der Amerikaner, wurde schon wieder Bier ausgeschenkt.

Der Geschlagene, auf den Knien, pendelte mit dem Oberkörper hin und her. Hinter seinen Händen wurde ein dunkles, durch die Schaufensterscheibe gedämpft und darum nur furchtbarer klingendes, gurgelndes Schluchzen laut. Der Soldat, dessen Kieferknochen hell aufzuckten im düsteren Gesicht, umkreiste den Stöhnenden. Seine Gelassenheit erinnerte an einen souveränen Fußballspieler, der sich das Leder für einen Elfmeter zurechtlegt. Als der Geschlagene die Hände sinken ließ und flehend aufsah, trat der Amerikaner, die Arme mit geballten Fäusten von sich gestreckt, einen Schritt zurück. Dann, über sein Opfer weg ins Leere sehend, trat er zu. Der Getroffene warf die Arme in die Luft und riß den Mund weit auf. Über die gleich darauf in einem unvorstellbaren Schmerzenskrampf gefletschten Zähne schoß Nasenblut. Er kippte vornüber und blieb reglos liegen. Den anderen etwas zurufend, trat der Soldat noch einmal gegen den Kopf, der jetzt haltlos von einer Schulter an die andere schlug. Seine Kameraden stürzten aus der Tür und zogen ihn fort. Ein aufkommender Wind blähte ihre Fliegerjacken, ehe sie in der nächsten Seitenstraße verschwanden.

Assen bezahlte. Als die Kellnerin davonging, steckte er sich ein Steak-Messer in die Jackentasche und verließ das Lokal. Aus allen Himmelsrichtungen kam das Geräusch flappender, knallender Planen, die Autoantennen wippten im stärker brausenden Wind, jähe Stöße warfen Balkonblumen in die erleuchteten Wohnzimmer. Von Gästen des Cafés umstanden, saß der Geschlagene auf der Bordsteinkante und hielt sich den Kopf mit beiden Händen. Zwei Frauen, die auf ihn einsprachen in tröstendem Ton, tupften sein Gesicht ab mit weißen Papierservietten, eine dritte hielt Pflaster bereit. Er sah auf, als Assen vorüberging: ein ruhiger, wacher, in irgendeiner Ansicht bestärkter Blick, die Empörung darin sah schon nachdenklich aus. Ein Mann brachte einen Schnaps, ein anderer machte Drohgebärden in die Richtung, in der die Soldaten verschwunden waren.

Assen bog in die Seitenstraße, die leer und dunkel war, nur vor einer Kellerkneipe brannte eine Reklame, ein Hahn aus rotem Glas, dem der Kopf abgeschlagen war. Es begann zu regnen, ein Rauschen in den Kronen der Kastanien, ein Pläddern auf den Autodächern, das Wasser lief ihm den Handrücken hinunter und löste die Zigarette auf zwischen den Fingern. Er blieb stehen und starrte über den dunklen Gehsteig hin, in das Gewirr aus herabfallenden und hell wiederaufspritzenden Tropfen. Er fühlte sich wachsen in seinem Haß, auch wenn er bereits ahnte, daß er es heimlich übertrieb, dieses Gefühl, um noch eine Weile eindeutig zu bleiben darin. Es schien ihm ja schon vergeblich, diese Männer persönlich zu nehmen, als hätten sie etwas verbrochen. Sie *waren* das Verbrechen – aber dieser Gedanke war es wohl auch, und die Furcht, nach aller Feigheit auch noch zu schwach zu sein für seinen starken Entschluß, trieb ihn schließlich weiter. Hinuntergerempelt von der eigenen Herzhöhe, wollte er nur noch töten.

Auch auf der vierspurigen Kleiststraße konnte er die Soldaten zunächst nicht sehen. Mit dem Wasser zerfloß das Laternenlicht auf seiner Brille, er wischte mit der bloßen Hand darüber. Unter den Bogen der Hochbahn, die spärlich beleuchtet in der Straßenmitte verlief, hörte er Glas zerklirren, dann das Echo eines Gelächters, und er rannte über die Fahrbahn. Unter der Überführung, fast schon am Ende der Stahlkonstruktion, trabten die Amerikaner. Ihre Schritte hallten wie hinter ihm. Einer schlug gegen die Pfeiler mit einem eisernen Gegenstand, der helle Laut schmerzte in den Zähnen. Frische Tropfen Blut schimmerten auf dem Pflaster, der Täter mußte sich die Faust zerschnitten haben an der Brille des Opfers. Assen versuchte, so leise wie möglich zu laufen, umklammerte den Messergriff in der Jackentasche und machte lange, fast hüpfende Schritte, den Boden nur mit den Schuhspitzen berührend. Von allen Seiten wehten schlingernde Regenböen unter das hohe Dach.

Als die Amerikaner in die Potsdamer Straße einbogen, begann er zu rennen, die Krawatte flatterte über die Schulter nach hinten. Er schwitzte im Regen, seine Brille lockerte sich und tanzte auf dem Nasensattel auf und ab. Er atmete durch die zusammengebissenen Zähne, vor denen Speichelblasen platzten. Im Rhythmus der Laternen wuchs sein Schatten vor ihm auf und flappte seitlich weg. Er bekam das Gefühl, seinem Groll hinterherzulaufen, der immer schwächer, immer fadenscheiniger wurde, und daß er genausogut stehenbleiben könnte, um schließlich in eine andere Richtung davonzugehen. Also rannte er schneller, in allen Taschen rasselte Kleingeld, und mit der Geschwindigkeit kam die Besinnungslosigkeit wieder, die Wut. Weit ausholend wie in einer Stadionkurve bog er um die Ecke, schlug einen Haken vor einer Litfaßsäule und wäre fast gegen die Soldaten geprallt.

Sie lehnten am Tresen einer Imbißstube, zogen eben die Verschlußlaschen von großen, goldfarbenen Bierdosen. Er packte den Messergriff fester, wie um sich daran herumzureißen, und stolperte über die eigenen Schuhe zwei schräge Schritte rückwärts. Die Klinge durchstach die Jackentasche und reflektierte das Neonlicht – doch die vier, die nun die Köpfe zusammensteckten über einem Feuerzeugflämmchen, beachteten ihn gar nicht. Nur einer sah kurz zu ihm hin und durch ihn durch; seine Bierdose war blutverschmiert. Assen täuschte einen Rausch vor, torkelte ein paar Meter weiter und wartete in einem Hauseingang.

Eine Zigarettenlänge später überquerten sie die Straße in Richtung Kreuzberg, alle hatten sich die Jacken über die Köpfe gezogen. Der Schatten der kleinen Gruppe streifte riesig über eine Giebelmauer, im Gleichschritt erschienen die hellen, nach innen gewölbten Teile ihrer Stiefelsohlen. Aus einer Toreinfahrt trat eine Prostituierte auf sie zu und sofort wieder zurück. Irgendwo im Dunkeln wurde ein Fenster geschlossen, die Scheiben schepperten. Eine Katze huschte unter ein geparktes Auto, in der Schwärze glimmten ihre Augen grün, nach einem Lidschlag aber bernsteinfarben. Aus einem Lüftungsschacht schoß Dampf. Die Amerikaner bogen in eine kleine Parkanlage ein, in der eine einzelne hohe, von feinen Regenschleiern umwehte Laterne brannte. Und blieben plötzlich stehen. Alle zogen die Hände aus den Taschen, einer blickte sich rasch um. Assen trat zurück in den Schatten eines Baums.

Auf der grauen Wiese, zwischen umgekippten oder zertrümmerten Bänken (er hatte die Erscheinung zunächst für eine Erdwelle gehalten) lag eine Frau. Mit weit von sich gestreckten Armen lag sie wie überrannt auf dem Bauch. Sie trug einen wadenlangen schwarzen Regenmantel, klatschnasse Haarsträhnen verdeckten ihr Gesicht. In der Nähe ihrer rechten Hand, an der ein paar Ringe glänzten, stand eine Tasche. Einer der Soldaten rief etwas, das Assen nicht verstehen konnte, näherte sich langsam, streckte ein Bein weit vor und stieß die Daliegende mit der Schuhspitze an. Sie rührte sich nicht; auch nicht, als er ihr das Haar aus der Stirn strich und Zigarettenrauch in ihre offenen Augen blies. Während er die Handtasche aufhob, durchwühlte und wieder fallenließ, machte er wohl einen Witz, denn die anderen lachten gewaltig. Dann – seine Kameraden gingen bereits weiter – pißte er hinein. Assen schloß momentlang die Lider. Unter dem dicken, dampfenden Strahl des Schwankenden hörte er Fläschchen und Sticks aneinanderklickern.

Jetzt! zischte er und trat hinter dem Baum hervor. Er wunderte sich darüber, weder Aufregung noch Angst zu fühlen. Vier, fünf schnelle Schritte trennten ihn von seinem Opfer, das schon in seinem Schatten stand und momentlang große Augen machte. Sein Erstaunen gab ihm Kraft und Mut, knurrend vor Genugtuung griff er in die Jackentasche und visierte

den Hals des anderen, auf dem er eine kleine Tätowierung sah, eine Blume. Mit zusammengebissenen Zähnen, hochgezogenen Schultern und bis zum Schmerz angespannten Muskeln war ihm jedoch, als träte er in ein Stromfeld. Ein Schauer fuhr über die Kopfhaut und richtete die Haare auf, eine jähe Hitzewelle ließ seine Brillengläser beschlagen. Er steckte alle Finger durch das Loch, das er in den Stoff gestochen hatte, und sah sich dem Soldaten gegenüber mit leeren Händen. Das Messer war verschwunden.
Der Amerikaner, weiterpissend, hob das Kinn. Er mochte ihn wohl für einen Betrunkenen halten oder sonstwie verhuscht, ließ sich jedenfalls nicht stören, verfolgte vielmehr interessiert, wie der verdutzte Assen sich abzuklopfen begann, immer hastiger, als suchte er einen Schlüssel oder eine verlegte Theaterkarte, wobei er sich die Jacke um den Körper wrang und Schritt für Schritt zurückwich. – Der Soldat knöpfte sich die Hose zu, stemmte die Hände an die Hüften und schaute noch eine Weile wortlos zu. Seine Lider hingen müde über den Pupillen. Schließlich spuckte er seinen Kaugummi aus und ging gelassen den anderen nach.

Assen begann zu frösteln. Er trat zurück in den Baumschatten und tastete auf der Erde, zwischen Kronkorken, Zigarettenstummeln und Flaschenscherben, vergeblich nach der Klinge. Immer wieder steckte er die Hand durch das Loch in der Jacke und griff ungläubig nach den hervorschauenden Fingern. Er wischte suchend mit der Schuhspitze durchs Gras, wendete sogar ein paar herumliegende Lumpen und

Papierfetzen um und spähte zurück auf den Bürgersteig, als die Frau, vor seinen Füßen, hustete. Es war ein gepreßt und schmerzhaft klingendes, stetig lauter werdendes, wie aus dem Erdinnern durch sie ausgestoßenes, schließlich den ganzen Körper durchbebendes Husten, dem ein dickflüssiger Schwall Erbrochenes folgte, und Assen, während er die Soldaten verschwinden sah zwischen den Häuserzeilen und die Lippen zusammenpreßte über dem zitternden, sich zitternd verkrampfenden Kinn, während er weinte und doch nichts fühlte von seinen Tränen, im Regen, kniete neben ihr nieder.